光文社文庫

長編推理小説

11文字の殺人
新装版

東野圭吾

KOBUNSHA

光　文　社

11文字の殺人

目　次

目次

モノローグ　1

手紙を書き終えると、その途端《とたん》、軽いめまいを感じた。

たった一行だけの不器用な手紙だ。だがこの一行からすべてが始まるはずだった。

そしてもう後戻りはきかない。


心が決まるまで、さほど時間はかからなかった。

要するに、実行するかしないか——なのだ。それ以外に選択肢《せんたくし》はない。

もちろん他の人間の意見は違うだろう。正当、という言葉に拘《こだ》わり、第三の道を提示するに違いない。

それに、と人はいう。それに人間とは弱い生き物なのだ——。

一般論ではあるが、誠実さはない。

どれもこれも欠伸《あくび》が出そうなくらい退屈な意見なのだ。そこにあるのは、ごまかしと逃避だけだ。そんな意見をいくら交わしても、どこにも行きつくことなどできやしない。私の心を動かすこともできない。

今、私の心は深い憎しみに支配されている。その憎しみを捨てるわけにもいかず、持ち続けたまま生きていくこともできないのだ。

実行するしかない。そして、もう一度『彼等』に問うのだ。真の答えは何であったか？

いや――。

『彼等』はそれを口にすることはないだろう。真の答えが何であるか、最初からわかっていたに違いないのだから。

それを思うと私の憎しみは炎のように燃え上がる。

『無人島より殺意をこめて』――これだけだった。そして、これがすべてだった。

第一章　ある日刑事が来て

1

「狙《ねら》われているんだよ」

彼はバーボンの入ったグラスを傾けていった。グラスの中で氷がからからと踊った。

「狙われてる？」

あたしは口元を緩《ゆる》めたまま訊き直した。冗談をいったと思ったのだ。

「狙われてるって……何を？」

「命を」

と彼は答えた。

「誰かが僕の命を狙っているらしいんだ」

あたしはまだ笑っていた。

「どうしてあなたの命を狙うの？」

「さあ」

彼は少しの間だけ沈黙して、また口を開いた。

「わからない。なぜなんだろうね」

彼の声があまりに重かったので、さすがにあたしは笑えなくなった。それでしばらく彼の横顔を見つめたのち、カウンターの中のバーテンの顔を見て、ふたたび自分の手元に視線を戻した。

「わからないけど、そういう気がするのね？」

「気だけじゃない」

と彼はいった。

「本当に狙われているんだ」

そして彼はまたバーボンをおかわりした。

あたしは周囲を見回し、誰もあたしたちに注目していないことを確かめてから、「ねえ」と彼の横顔に呼びかけた。

「くわしく説明してくれない？　いったい何があったの？」

「だから」

彼はバーボンを飲みほし、煙草に火をつけた。

「狙われているんだよ。それだけさ」

そして彼は小声で、「まずかったな」といった。

「話すつもりじゃなかったのにな、ついしゃべってしまった。昼間の話の影響だな」

「昼間の話？」

「なんでもないよ」

と彼は首をふった。

「とにかく、君に話すべきじゃなかったということさ」

あたしは自分の手の中にあるグラスを見つめた。

「あたしに話しても、何の解決にもならないから？」

「それだけじゃない」

と彼はいった。

「君に余計な心配をかけることになったからだよ。だからといって僕の不安が去るわけでもなかったし」

あたしは彼のこの台詞《せりふ》に対しては何もいわず、カウンターの下で脚を組みかえた。

「ねえ、とにかく誰かに狙われているわけね？」

「まあね」

「心当たりはないわけね？」

「不思議な質問だな」

彼はこのバーに入ってから初めて笑った。歯の間から煙草の白い煙が滲《にじ》み出る。

「命を狙われたとして、心当たりが全くないと断言できる人間なんているのかな。君はどう？」

「あたしの場合は」

と言葉を切った。「ないともいえるし、あるともいえるわ。殺意というのは価値観と同じだと思うから」

「同感だね」

彼はゆっくりと頷いた。

「心当たり、あるのね？」

「自慢じゃないけど、大抵のことには心当たりがあるんだ」

「それを話すわけにはいかない」

「口に出すと、単なる心当たりが確固たるものになりそうな気がする」

そして彼はいった。「気が小さいのさ」

それから黙ってあたしたちは酒を飲み続け、それに疲れるとグラスを置き店を出て雨の降る道を歩いた。

気が小さいのさ——あたしが覚えている、彼の最後の言葉だ。

2

彼——川津雅之《かわづまさゆき》とは友人の紹介で知り合ったのだった。

その友人というのはあたしの担当編集者で、名前は萩尾冬子《はぎおふゆこ》といった。冬子は某出版社に十年近く勤めているキャリア・ウーマンだ。いつも英国婦人みたいにばりっとスーツを着こなしていて、格好よく胸を張って歩く。あたしが今の世界に入った時からの付き合いで、そろそろ三年になる。年齢もあたしと同じだ。

その冬子が原稿のことより先に男性の話をしだしたのは、三カ月ほど前のことだった。たしか奄美大島《あまみおおしま》で梅雨入り宣言が出された日だ。

「素敵な男性と会ったのよ」

真面目な顔をして彼女はいった。

「フリーライターの川津雅之よ。知ってる？」

知らない、とあたしは答えた。同業者の名前でも知らないことが多いのだ。フリーライターにまで手が回るわけがない。

冬子の話によると、その川津雅之が本を出すことになったのだが、その打ち合わせにたまたま彼女が同席した関係で親しくなったらしい。

「背は高いし、なかなかの二枚目なのよ」

「ふうん」

この冬子が男性の話をするのは、本当に珍しいことだった。

「冬子御推薦の男性なら、一度会ってみたいわね」

あたしがいうと、

「うん、今度ね」

と彼女は笑った。あたしも本気ではなかったが、彼女もそのようだった。軽い会話のひとつとして、間もなく忘れてしまった。

でもそれから間もなく、結局あたしは川津雅之と会うことになった。冬子と入ったバーに偶然彼がいたのだ。彼は銀座で個展を開いているという太った画家と一緒だった。

川津雅之はたしかにいい男だった。背は百八十ぐらいはありそうだったし、よく日に焼けた顔はひきしまって見えた。白のジャケットもよく似合っていた。彼は冬子に気づくとカウンターから小さく手を上げて見せた。

冬子は気軽に彼に話しかけ、それからあたしを紹介してくれた。予想通り彼はあたしの名前など知らなかった。推理作家だと聞いても、戸惑ったように頷《うなず》いただけだ。大抵の人間はこういう反応を見せる。

このあともその店で、あたしたちは結構長い時間しゃべっていた。どうしてあんなに話題が続いたのか今考えても不思議なぐらいだ。そして何をしゃべっていたのかも思い出せない。ただはっきりしていることは、その会話の果てにあたしと川津雅之が二人だけで店を出たということだった。二人で次の店に入り、小一時間ぐらいで出た。あたしは少し酔っていたけれど、彼に送ってもらうほどではなかった。彼も無理に送ろうとはいってこなかった。

三日後に電話があって彼から食事の誘いを受けた。断わる理由はなかったし、彼がいい男だということは事実なので、あたしはあまり躊躇《ちゆうちよ》せずに承諾した。

「推理小説の魅力というのは何かな?」

ホテルのレストランに入り、オーダーを済ませ、出された白ワインで喉を潤《うるお》わせたところで彼が訊いてきた。あたしは何も考えず、ただ機械的に首をふった。

「わからないということ？」

と彼は訊いた。

「それがわかればもっと売れてるわ」

とあたしは答えた。

「あなたはどう思うの？」

すると彼は鼻の横を掻きながら、「造りものの魅力じゃないかな」といった。

「現実の事件は白黒をはっきりさせられない部分が多い。正と悪の境界が曖昧《あいまい》なんだ。だから問題提起にはなるけれど、しっくりとした結論は期待できない。常に何か大きなものの一部なわけだよ。その点小説は完成している。そのものがひとつの構築物だ。そして推理小説というのは、その構築に一番工夫を凝らしやすい分野なのじゃないかな」

「そうかもしれないわ」

とあたしはいった。

「あなたも正と悪の境界線に悩んだことがあるの？」

「そりゃあね、あるよ」

彼はちょっと唇を曲げていった。本当にあるらしい、とあたしは思った。

「そういうのも文章にしたの？」

「したこともある」

と彼は答えた。「でも、出来なかったことも多い」

「どうして出来なかったの？」

「いろいろさ」

彼はほんの少し機嫌《きげん》を損ねたようだったが、またすぐに優しい表情に戻り、今度は絵のことを話し始めた。

この夜彼はあたしの部屋に来た。あたしの部屋には前の夫の臭いがまだぷんぷんと残っていて、さすがに彼も少しは面食らったようだ。だがそれもすぐに馴れたらしい。

「新聞記者だったの」

とあたしは前夫のことをいった。

「ほとんど家にはいない人だったわ。で、彼は結局この部屋に戻ってくる意味を見失ってしまったのよ」

「それでもう二度と帰ってこなくなっちゃったわけか」

「そういうことよ」

川津雅之は、前夫があたしを抱いたベッドで、前夫よりもはるかに優しいセックスをした。そして終わったあとであたしの肩に手を回し、「今度は僕の部屋に来ないかい？」

といった。

あたしたちは週に一、二度の割りで会った。大抵は彼の方がやって来たが、あたしから出向くこともあった。彼は独身で結婚経験もないそうだが、そうは思えないほど彼の部屋は片付いていた。もしかしたら掃除をしてくれる人間がいるのかもしれないと、あたしは想像した。

二人の関係は冬子にはすぐに暴露《ばれ》た。彼女が原稿を取りにきた時に彼が現われたのだから弁解のしようもなかった。もっとも弁解する必要などなかったのだが。

「愛してるの？」

冬子と二人だけになった時に、彼女の方から訊いてきた。

「好きよ」

とあたしは答えた。

「結婚は？」

「まさか」

「そう」

冬子はちょっと安堵《あんど》したように吐息をつき、形の良い唇にかすかな笑みを浮かべた。

「あたしが紹介したんだから仲よくなったのは嬉しいけど、あまりのめりこまないでね。

今ぐらいの付き合いをキープしていくのが正解よ」

「大丈夫、少しは懲《こ》りてるのよ」

とあたしはいった。

それから二カ月が経った。

あたしは川津雅之との関係を、冬子に約束した程度のレベルを維持しながら続けていた。六月には二人で旅行に行ったりしたが、幸い彼の方から結婚のことをいいだしたりはしなかった。もしそんな話が出てきたりしたら、少し困らなければならないところだった。

考えてみれば、彼から結婚の話が出ても少しもおかしくはなかった。彼は三十四で、そういうことを考えるのが当然の年齢なのだ。ということは、やはり彼もあたしとは何か一定のレベルを維持しながら付き合っていたのだろうか？

だがそういうことを考えることに、それほどの意味はなくなってしまった。

出会いから二カ月。川津雅之は海で死んだのだ。

3

七月のある日刑事が来て、彼の死を告げた。刑事はあたしが小説の中で描くよりも、ずっと普通で、そしてムードがあった。説得力がある、と表現してもいい。

「今朝東京湾で浮いているところを発見されたのです。引き上げたところ、所持品から川津雅之さんだとわかりました」

四十前ぐらいの、背は低いが屈強そうな刑事がいった。その横には若い刑事。こちらの方はただ静かに立っているだけだ。

あたしは数秒間言葉を失い、それから唾を飲みこんだ。

「身元の確認はされたのですか？」

「ええ」

と刑事は顎《あご》を引いた。「実家が静岡なんですよね。そこから妹さんに来てもらいましたし、歯科カルテとX線写真でも確認しました」

そして刑事は、川津雅之さんでした、と念を押すようにいった。

あたしが黙ったままでいると、

「ゆっくりとお話を伺いたいんですが」

と刑事はいった。玄関先で、ドアも開けたままだったのだ。

近所の喫茶店で待っていてくれと頼むと、刑事たちは静かに頷いて去っていった。あたしは彼等が去ったあとの玄関に立ち、ドアの外をぼんやりと眺めていた。が、やがて深いため息をひとつつくとドアを閉め、寝室に行って外出着に着替えた。そして口紅だけでも塗ろうとドレッサーの前に立った時、はっとして息を飲みこんだ。

ひどく疲れたあたしの顔がそこにあった。表情を出すことさえ億劫《おっくう》そうに見えた。あたしは鏡の中のあたしから目をそらせ、呼吸を整えてからもう一度対峙《たいじ》した。今度は少し変化があった。あたしは納得して頷いた。彼を好きだったことはたしかなのだ。そして好きな人が死んだなら、悲しいのは当然なのだ。


その数分後、あたしは喫茶店で刑事と向かいあって座っていた。ここはあたしがよく来る店で、ケーキも売っている。甘さを抑えた、さっぱりした味のケーキだ。

「殺されたのです」

宣言するように刑事はいった。が、あたしはここではあまり驚かなかった。予想できた答えだった。

「どういう殺され方だったのですか?」

とあたしは訊いた。

「ひどい殺され方です」

刑事は顔をしかめていった。

「後頭部を鈍器でなぐられて、港のそばに捨てられていたのです。まるでゴミみたいに無造作《むぞうさ》にね」

あたしの恋人はゴミみたいに捨てられました——。

刑事が咳《せき》をひとつした。あたしは顔を上げた。

「じゃあ死亡原因は脳内出血か何かですか?」

「いや」

彼はここで言葉を切り、あたしの顔を見直してから続けた。「まだなんとも断言はできないんですよ。後頭部になぐられた痕跡はあるのですが、解剖結果が出ないことにはなんともね」

「そうですか」

つまり彼は他の手段によって殺され、さらにその上に後頭部を殴られたのちに捨てられた可能性もあるということだろうか。もしそうだったとして、なぜ犯人はそこまでやる必要があったのだろう？

「それでですね」

ぼんやりとした顔をしたからだろう、刑事が呼びかけてきた。「あなたは川津さんとはかなり親しくしておられたらしいですね？」

あたしは頷いた。否定する理由はどこにもない。

「恋人ですか？」

「あたしはそのつもりでした」

刑事はあたしたちが出会ったきっかけについて尋《たず》ねた。あたしは正直にしゃべった。冬子に迷惑がかかることも考えたが、結局彼女の名前も出した。

「一番最後に川津さんと言葉を交わされたのはいつですか？」

あたしは少し考えてから、

「一昨日の夜です」

と答えた。「呼び出されたんです」

レストランで食事をして、バーで酒を飲んだ。

「どういう話をされましたか？」

「いろいろな話です……その中で」

あたしは顔を下げ、ガラス製の灰皿のあたりに視線を注いだ。「彼は自分が狙われているようなことをいっていました」

「狙われている？」

「ええ」

あたしは一昨日の夜に彼から聞かされた話をした。刑事の目は明らかに熱っぽく輝き始めた。

「すると川津さんには心当たりがあったようなんですね？」

「断定はできませんけど」

彼も心当たりがあると断言したわけではなかった。

「しかしあなたには心当たりはないのですね？」

あたしは頷いた。「ありません」

このあと刑事は、彼の交友関係や仕事のことなどについて質問してきた。あたしは殆《ほとん》ど何も知らなかった。

「ところで昨日はどこにおられましたか？」

最後の質問はあたしのアリバイに関することだった。細かい時間を挙げてこないのは、まだ正確な死亡推定時刻を割りだせていないからかもしれなかった。もっとも時刻を細かく刻んだところで、あたしのアリバイ証明には何の役にも立たない。

「昨日は一日中部屋にいました」

とあたしは答えた。

「仕事をしていたんです」

「証明できると助かるんですが」

刑事は上目遣いにこちらを見てきた。

「残念ですけど」

あたしは首をふった。「それは無理です。部屋には一人っきりだったし、誰も訪ねてはこなかったですから」

「たしかに残念ですね。残念なことが多いですね」

それから刑事は、お忙しいところをすみませんでした、といって立ち上がった。

この日の夕方、予感した通り冬子が現われた。走ってきたのかと思うほど、彼女の息は乱れていた。あたしはワープロのスイッチを入れたままで、まだ一文字も書かないうちから缶ビールを飲み始めていた。缶ビールを飲み始める前は泣いていた。泣き疲れたのでビールを飲むことにしたのだ。

「聞いた？」

と冬子はあたしの顔を見るなりいった。

「刑事が来たわ」

とあたしは答えた。それで彼女は少し驚いたようだが、やがてそれが当然だと納得したようだ。

「何か心当たりないの？」

「心当たりはないけれど、彼が狙われていたことは知ってたの」

目と口を丸く開いた冬子に、あたしは一昨日の川津雅之との会話についてしゃべった。

彼女は先程の刑事と同じく、いかにも無念そうに首をふった。

「何とか打つ手はなかったのかしら？　たとえば警察に相談するとか」

「わからない。でも彼が警察に届けなかったのには、それなりの理由があったのかもしれない」

彼女はまた首をふった。

「で、あなたに心当たりはないわけね？」

「ないわ。だって」

あたしはここで言葉を途切らせ、「だって彼のことなんか殆ど何も知らなかったんだもの」と続けた。

「そう」

冬子は落胆したようだった。昼間の刑事と同じ表情だ。

「さっきからずっと彼のことを考えていたのよ」

あたしはいった。

「でも何もわからなかったわ。彼とあたしは間に線を引いて、お互いそれを侵犯しないようにして付き合ってきたのよ。でね、今度の事件は彼のエリアで起こったということよ」

飲む、と訊いたら冬子が頷いたので、あたしはキッチンへビールを取りにいった。すると背後から彼女の声が飛んできた。

「彼が話したことで、そのほかに印象に残っているようなことはないの？」

「最近はあまり話さなかったからなあ」

「何か話したでしょ？　まさか、会ってすぐにベッドインするわけじゃないでしょ？」

「似たようなものよ」

あたしはいった。頬がちょっとひきつったみたいになった。

4

二日後に彼の葬儀があり、あたしは冬子が運転するアウディに乗って、静岡の彼の実家まで行った。高速道路が意外にすいていたので、東京から彼の実家まで二時間ぐらいしかかからなかった。

彼の家は二階建ての木造住宅だった。まわりに垣根《かきね》をめぐらせてあり、それをくぐると広い庭があった。庭は家庭菜園に利用されていた。

門のわきには二人の女性がひっそりと立っていた。六十過ぎぐらいの銀髪の婦人と、背が高く痩せた若い女性だ。おそらく彼の母親と妹なのだろう。

参列者は、彼の親戚が半分、仕事関係が半分というふうに見えた。どういうわけか、出版関係者というのは一般人とは違って見えた。冬子がその中から知り合いを見つけて話しかけた。川津雅之の担当編集者という話だった。色黒の、少し腹の突き出た男だ。冬子の紹介で、田村《たむら》という名字だとわかった。

「ただもう驚いたとしかいいようがないですね」

田村氏は丸い顔を横にゆっくりと振りながらいった。

「解剖結果によると、死体が見つかった日の前日の夜に殺されたらしいですね。毒殺らしいですよ」

「毒?」

初耳だった。

「農薬の一種だそうです。それで絶命させた上に、頭をハンマーか何かで殴ったらしいですね」

「………」

何かが胸にこみ上げてきた。

「彼はその夜行きつけの店で食事をしたらしいんですが、その時食べたものの消化状態でかなり正確に推定できるんだそうです。あっ、こういうことはよく御存知ですよね」

あたしは、ええまあと頷いてから、

「で、推定時刻は何時ぐらいなのですか?」

と訊いてみた。

「十時から十二時ぐらい、という話ですね。いやじつは、僕はあの日彼を誘っているんですよ。時間があれば飲みにいかないかというふうにね。ところが彼は、約束があるからだめだといって断わってきたんです」

「じゃあ川津さんは誰かと会う約束をしていたのね？」と冬子。

「らしいですね。こんなことになるんなら、誰と約束があるのかをしつこく訊いておくんだった」

田村氏はくやしそうにいった。

「そのことを警察にいいましたか？」

とあたしは訊いた。

「もちろんですよ。だから彼等もその時の約束の相手を探しているようですが、今のところは手がかりがないようですね」

そして彼は唇を噛んだ。

焼香《しょうこう》を終えて帰ろうとした時、二十代半ばぐらいの女性が田村氏に近づいてきて挨拶した。女性にしては肩幅があって、男っぽい感じがする。髪型もボーイッシュだった。

田村氏もその女性に頭を下げ、

「最近は川津さんとは会っていなかったんですか？」

と尋《たず》ねた。

「ええ、あれ以来組むことがなかったから。川津さんも、あたしとは相性が悪いと思っていたのかもしれませんね」

男っぽい女性は男っぽくいった。だが田村氏とはさほど親しい間柄ではないのかもしれない。この程度の会話を交わしたあと、彼女はあたしたちに軽く会釈《えしゃく》しながら前を通り過ぎていった。

「カメラマンの新里美由紀《にいざとみゆき》さんですよ」

彼女が去ってから、田村氏が小声で教えてくれた。

「以前川津さんと一緒に仕事をしたことがあるんですよ。各地を回って、川津さんが紀行文を書き、彼女が写真を撮ったというわけです。雑誌に連載していたはずですよ。もっともすぐに打ち切りになっちゃったそうですけどね」

一年前のことですよ、と彼は付け加えた。

あたしは、自分が川津雅之の仕事について何ひとつ知らなかったことを改めて思いだした。もしかしたら、これから彼のことをいろいろと知ることになるのかもしれない。だけどそんなことがいったい何の役に立つのだろう?

5

葬儀からさらに二日が経った日の夕方、久しぶりに以前と同じように仕事をしていると、ワープロの横に置いた平たいファッション電話が鳴りだした。受話器を取り上げると、真空管の中でしゃべっているように小さな声が聞こえてきた。こちらの耳がどうかしてしまったのかと思うほどだ。

「ごめんなさい、もう少し大きな声で話してくださらない」

そういうと、突然、「あ」という声が耳に飛びこんできた。

「これぐらいの声でいいですか？」

若い女性の声だった。ちょっとハスキーで、それで余計聞きとりにくいのだ。

「ええ、結構です。どちらさまですか？」

「あの……川津幸代《さちよ》といいます。雅之の妹です」

「ああ」

あたしは葬儀の時を思いだした。あの時は会釈して通り過ぎただけだった。

「じつは今、兄の部屋に来ているんです。あの、荷物を片付けようと思いまして」

相変わらず聞きとりにくい声で彼女はいった。

「そうだったんですか。――何かお手伝いできることがありますか？」

「いいえ、大丈夫です。なんとかやれると思います。今日は整理だけにして、明日引っ越し屋さんにお願いしますから。それで、お電話したのは、ちょっと御相談したいことがあったからなんですけど」

「相談？」

「はい」

彼女の相談とはこういうことだった。つまり雅之の荷物を整理しようとしたところ、部屋の押し入れから膨大な量の資料やスクラップが出てきた。それも彼の形見として静岡に持ち帰ってもいいのだが、親しい方に役だててもらった方が彼もよろこぶと思う。それでもしよければ、今から宅配便で送らせてもらう――。

もちろんあたしにとっては願ってもない話だった。フリーライターとして多分野に挑んできた彼の資料となれば、宝の山みたいなものだ。それに生前の彼について少しでも知ることができるかもしれない。あたしは二つ返事で承諾した。

「じゃあ早速送らせていただきます。今すぐ持っていけば、今日の集荷に間にあうということですから。――あの、それからほかに何か御用はございませんか？」

「御用？」

「だから……この部屋に置き忘れた物があるとか、兄の持ち物で欲しいものがあるとかです」

「置き忘れた物はないですけど」

とあたしはテーブルの上に置いたままのハンドバッグを見た。そこに彼の部屋の合鍵が入っているのだった。

「届け忘れたものならあります」

合鍵のことをいうと、川津雅之の妹は郵送してくれればいいといった。だがやはりあたしは行くことにした。郵送するのだって手間のかかることだし、最後にもう一度だけ、死んだ恋人の部屋に行ってみるのも悪くないと思えたのだ。なにしろ二カ月も付き合ってきたのだから。

「じゃあお待ちしています」

川津雅之の妹の声は最後まで小さかった。

北新宿に彼のマンションはあった。一階の一〇二号室が彼の部屋だ。チャイムを鳴らすと、葬儀の時に見た、痩せて背の高い女性が現われた。瓜実顔《うりざねがお》で、鼻筋が通っている。間違いなく美人タイプなのだが、地味すぎる印象がせっかくの宝をぶちこわしにしていた。

「わざわざすみませんでした」

彼女は頭を下げて、スリッパを揃えてくれた。

靴を脱いでそれに履きかえる時、奥で物音がして、続いて誰かが顔を出した。

あたしの記憶に間違いがなければ、顔を出したのは葬式の時に会った女性カメラマンの新里美由紀だった。目が合うと彼女が頭を下げたので、あたしも軽い戸惑いを覚えながら会釈した。

「兄と一緒に仕事をしていらしたんだそうです」

雅之の妹があたしに教えてくれた。

「新里さんとおっしゃって、つい先程お見えになったんです。世話になったから、引っ越しの手伝いぐらいはさせてもらいたいって」

次に彼女は、あたしのことを新里美由紀に紹介した。兄の恋人、推理作家――。

「よろしく」

と美由紀は葬式の時と変わらぬ男っぽい声でいい、また部屋の奥に姿を消した。

「明日、引っ越すってことをあの方に知らせてあったんですか？」

美由紀の姿が見えなくなってから、あたしは幸代さんに訊いた。

「いいえ。でもたぶん今日か明日あたりじゃないかと、見当を付けて来られたらしいんです」

「へえ……」

あたしは少し不思議な気分を抱きながら曖昧に頷いた。

部屋はかなり片付けてあった。本棚の書籍の半分近くがダンボールに収まっていたし、キッチン戸棚はからっぽだった。テレビやステレオは、配線だけを外してあるようだ。あたしがリビングのソファに座ると、幸代さんはお茶を入れてくれた。その程度の食器類は残してあるらしい。彼女はさらに、雅之の部屋に引っ込んだ新里美由紀にもお茶を持っていった。

「お噂は兄からよく聞きました」

あたしの向かいに腰を下ろして彼女はいった。落ち着いた口調だ。

「仕事の出来る、素敵な人だっていってました」

たぶんお世辞だろうけれど悪い気はしない。少し顔が赤くなる。

彼女が入れてくれたお茶を啜ってから、

「お兄さんとはよく話をされたんですか?」

とあたしは訊いた。

「ええ、一、二週間に一度ぐらいは実家に顔を出しにきましたから。兄は仕事の関係であちこちに出かけるので、その時の話を聞くのをあたしや母は楽しみにしていたんです。あたしは近くの銀行に勤めていて、ほかの世界のことなんか全然知らないから」

そういって彼女もお茶を飲んだ。電話の声が小さかったが、それは彼女の地声のせいだとわかった。

「これを返しとかなきゃ」

あたしはバッグから合鍵を出し、テーブルの上に置いた。幸代さんはそれをしばらく眺めたのち、

「兄と結婚されるおつもりだったんですか？」

と訊いてきた。困った質問だけども、答えないわけにはいかなかった。

「そういう話は出なかったんです」

とあたしはいった。「お互い相手を束縛したくなかったし、そんなことをしたら両方にマイナスだとわかっていたから。それに……そう、まだ充分にお互いのことを知らなかったし」

「知らなかったんですか？」

彼女は意外そうな顔をした。

「知らなかったんです」

とあたしはいった。

「殆ど何も。だから彼がなぜ殺されたのかもわからない。見当もつきません。彼の過去や、どういう仕事をしてきたのかも聞いたことはないし……」

「そうですか……仕事のことも話さなかったんですか？」

「話してくれなかったんです」

そういった方が正確だ。

「ああ、それなら」

幸代さんは立ち上がって荷物のところへ行くと、みかん箱ぐらいのダンボールの中から何か紙きれを束ねたようなものを取り出してきた。そしてあたしの前に置いた。

「ここ半年の兄のスケジュール表らしいんです」

なるほどそこにはびっしりと、いろいろな予定が書きこまれてあった。出版社との打ち合わせや、取材等が特に多いようだ。

ふと思いついて、あたしは彼の最近のスケジュールを調べてみた。もしかしたらあたしとデートする予定なんかも書きこんであるのかもしれない。

彼が殺される直前を見ると、やはりあたしと待ち合わせた店の名前と時間がメモされていた。最後に彼と会った日だ。それを見ていると、なんとなくむず痒《がゆ》いような気持ちに襲われてきた。

次にあたしの目を捉えたのは、その同じ日の昼間の欄に小さく走り書きされた文字だった。そこにはこうある。

『16：00　山森スポーツプラザ』


ヤマモリ・スポーツプラザといえば、雅之が会員になっていたスポーツセンターだ。彼は時々ここのアスレチック・ジムで汗を流していたのだ。この程度のことはあたしだって知っている。

ただ気になるのは、彼は最近足を痛めたところで、ジムへは行っていなかったはずだということだった。それともあの日にはもう回復していたのだろうか。

「どうかしたんですか？」

あたしが黙りこんでしまったので、川津雅之の妹が心配そうな目を向けてきた。あたしは首を振り、

「いえ、なんでもないのよ」

と答えた。なんでもなくはないのかもしれないが、今のあたしには何ひとつ自信を持っていえることなどないのだ。

「これ、お借りしていいですか？」

あたしはスケジュール表を彼女に見せた。

「どうぞ」と彼女は微笑んだ。

話題が途切れて、二人の間に少し空白ができた時、雅之の仕事部屋から新里美由紀が出てきた。

「あの、川津さんの書籍類ってあれだけなんですか？」

美由紀の口調には、訝《いぶか》るような、そして少し責めるような響きが隠されているように感じられた。

「ええ、そうですけど」

幸代さんが答えると、若き女性カメラマンは視線をやや下に向けて何か迷っているようすだったが、やがて何かの決心がついたらしく顔を上げた。

「ああいう書籍だけじゃなく、仕事の資料だとか、スクラップ・ブックだとかはないいんですか？」

「仕事の？」

「何か御覧になりたいものでもあるんですか？」

あたしが訊いてみた。途端に彼女の視線が鋭く変わってこちらに向けられた。

あたしは続けた。

「先程幸代さんから連絡があって、彼の資料は全部あたしのところに送っていただいたんですけど」

「送った？」

彼女の目はさらに吊り上げられたように見えた。そしてその目で幸代さんを見た。

「本当ですか？」

「ええ」

と幸代さんは答えた。「それが一番いいと思ったものですから……。何か？」

美由紀が軽く下唇を噛むのがわかった。そうして、少ししてからあたしの方を見た。

「じゃあ荷物は明日あなたのところに着くんですね？」

「さあ、どうなのかしら……」

あたしは幸代さんを見た。すると彼女は頷いて、

「都内だから、たぶん明日着くと思います」

と新里美由紀に向かって答えた。

「そう……」

美由紀はつっ立ったまま、目を伏せてしばらく考えているようすだったが、やがて決心したように顔を上げた。

「じつは川津さんの資料の中に、是非見せていただきたいものがあったんです。仕事の

都合上、どうしても必要で……」

「へえ……」

何となく妙な感じがした。ということは、その資料を得るために掃除の手伝いをしに来たのだろうか。それなら最初からそういえばいいではないか、と思う。だがそれは口に出さずに、

「じゃあ明日、うちにいらしたらどうですか？」

とあたしはいってみた。彼女の表情にかすかな安堵感が走ったようだ。

「いいんですか？」

「あたしはいいですよ。その資料は明日すぐにないと拙《まず》いんですか？」

「いえ、明日中になんとかなれば充分です」

「それなら明日の夜いらしてください。その頃なら確実に荷物も届いていると思いますから」

「どうもすいません」

「どういたしまして」

それであたしたちは約束の時刻を決めた。そのあとで、新里美由紀はさらに付け加えてきた。

「勝手なことをいって申し訳ないんですけど、あたしが行くまでは荷物をほどかないでもらいたいんです。いろいろと混ざってしまうと見つけにくくなるものですから」

「ああ……いいですよ」

これも妙な要求だが、結局承諾することにした。あたしにしたところで、彼の資料が即座に利用できるわけではないのだ。

これ以上は話題が続きそうもなかったし、あたしは少し考えたいことがあったので、そろそろ腰を上げることにした。部屋を出る時、新里美由紀がもう一度約束の時間の確認をした。

6

この夜、冬子が白ワインを一本持ってやってきた。会社が近いこともあって、仕事の帰りなどに時々寄っていくのだった。そのまま泊まっていくことも多い。

あたしたちは鮭の洋酒《ワイン》蒸しを食べながらワインを飲んだ。安物よ、と冬子はいったけれど悪くない味だった。

ワインの残りが四分の一ぐらいになったところであたしは腰を上げ、ワープロの横に置いてあった紙の束を取って戻った。雅之の部屋に行った時に幸代さんから貰った、彼のスケジュール表だった。

あたしは冬子に昼間のことを話し、スケジュール表の一部を指でさした。

「ここのところが気にかかっていたのよ」

それは例の、『16：00　山森スポーツプラザ』と書かれた箇所だった。

「川津さんがスポーツセンターに通ってたことは知ってるけど」

これがどうしたんだという顔で冬子はあたしを見た。

「おかしいのよ」

あたしはぱらぱらとスケジュール表をめくった。

「この表を見てみると、この部分のほかにはスポーツセンターに行く予定を書きこんだ箇所がないのよ。一度彼から聞いたことがあるんだけど、彼はトレーニングの日というのを特に決めているわけじゃなく、時間が空いた時を見つけてセンターに行くようにしているということだったわ。とすると、どうしてこの日に限って予定表に書きこんであるかが疑問に思えてくるのよね。それに何よりも、彼はこのところ足を痛めていて、運動は控えていたはずなの」

「ふうん」

冬子は鼻を鳴らし、首を傾げた。「そういうことなら変ね。——で、あなたには何か思いついたことがあるの？」

「うん、それでさっきから考えてたんだけど、もしかしたらこれは待ち合わせの予定なんじゃないかしら」

冬子が首を傾げたままなので、あたしはさらに続けた。

「つまり、十六時にヤマモリ・スポーツプラザへトレーニングに行くという意味じゃなくて、山森という人とスポーツプラザで会うということなんじゃないかしら」

彼の他の書き込みを見てみると、例えば『13：00　山田　××社』というように、時刻・名前・場所というふうに記してある場合が多い。だからここもそういうふうに解釈してみたのだった。

冬子は二、三度頷いてから、「そうかもしれないわね」といった。

「山森ということは、ヤマモリ・スポーツプラザの社長かもしれないわね。取材か何かかしら？」

「そう考えるのが妥当なのかもしれないけれど」

あたしはちょっとためらってから、思いきっていった。「そうじゃないような気もするの。冬子に話したわね？　彼があたしに、自分は狙われているって話したってこと」

「聞いたわ」

「あの時彼はこうもいったの。君に話すべきじゃなかったのに何故話したんだろう、昼間の話の影響かなって」

「昼間の話？　何よ、それ」

「あたしにもわからない。何でもないって彼はいったわ。でももしかしたら、あの日の昼間に、あたしとしたような会話を誰かと交わしたのかもしれない」

「その日がこの」

と冬子はスケジュール表を顎で示した。「十六時、山森……っていう日なのね」

「そういうこと」

「ふうん」

冬子は哀れむような目を向けてきた。

「考えすぎという気もするけれど」

「かもしれない」

あたしは素直に頷いた。「でも気にかかることはすっきりさせておきたいの。明日、スポーツプラザに電話してみるわ」

「山森社長に会おうってわけね」

「会ってくれるのならね」

冬子はグラスの中のワインを飲みほし、ふうーっと息を吐いた。

「少し意外よ。あなたがそんなふうに一生懸命になるなんて」

「そうかな」

「そうよ」

「彼のこと、好きだったのよ」

そしてあたしはワインの残りを、二つのグラスに等分して注いだ。

第二章　彼が残してくれたもの

1

結局冬子はあたしの部屋に泊まり、翌朝ヤマモリ・スポーツプラザに取材申し込みの電話をかけてくれた。出版社の名前を出した方が相手も安心するだろうと考えたのだ。

取材にはオーケーが出たようだが、社長に会いたいという要望には相手もためらいを感じたようだった。

「何とか社長さんのお話を伺うわけにはいきませんか？　作家の方がどうしても直にお会いしたいとおっしゃってるんですが」

作家の方というのはあたしのことだ。

少し間があって、冬子があたしの名前をいった。どうやら作家の名前を尋ねてきたらしい。あまり売れていないから、たぶん知らないだろう。知らない作家だということで断わられるかもしれない。少し不安になる。

だがその不安を消しさるように冬子の表情は明るくなった。

「そうですか。はい、では少々お待ちください」

彼女は送話口を掌でふさぎ、小声であたしにいった。「今日ならいいってことだわ。あなたの方もいいわね？」

「いいわ」

それで冬子は電話の相手と時間を決めた。今日の午後一時にフロントに行くということになったらしい。

「どうやら山森社長はあなたの名前を知っていたようね」

電話を置き、Ｖサインを出しながら冬子はいった。

「どうかしら。聞いたことはないけど、スポーツセンターの宣伝になるならと思ったんじゃないの」

「そういう感じじゃなかったわよ」

「気のせいよ」

あたしは唇の端をちょっと曲げていった。

スポーツセンターまでは一時間あれば充分だと思えたが、余裕を見て昼前に部屋を出ようということになった。が、あたしが靴の片方に足をつっこんだところでチャイムの音が鳴った。

ドアを開けると紺色のTシャツを汗で濡らした、いかにもむさくるしい男がのっそりと立っていて、「宅配便です」と無愛想な声でいった。幸代さんが送ってくれた荷物が早速到着したらしい。あたしは片足に履いた靴を脱いで印鑑を取りにいった。

荷物は、みかん箱の倍以上もありそうなダンボール箱が二つだった。ガムテープの貼り方に、幸代さんの几帳面な性格が反映されている。

「重そうね」

二つの箱を見てあたしはいった。

「かなり重いですよ。書籍類となってますね。重いんですよ、このたぐいは」

「運ぶのを手伝ってくれる?」

「いいですよ」

あたしは配達の男性に手伝ってもらって、荷物を室内まで運び入れることにした。本当に重かった。鉛の塊が入っているんじゃないかと思うほどだった。

二つ目の荷物に取りかかる時、あたしの目の端で何かが動いた。

——あら？

反射的に顔を向ける。廊下の曲がり角の向こうに何かが消えるのを、一瞬捉えたような気がした。

手を止めてその方を見ていると、人の顔が覗いてまた引っ込んだ。眼鏡をかけているということだけわかった。

「ねえ」

とあたしは配達の男性の腕をつついた。

「あの陰に誰か立っているみたいなんだけど、あなたが来た時にもいたかしら？」

「え？」

彼は丸くした目をその方に向けた。そして、ああと何かを思いだしたみたいに頷いた。

「いましたよ。変なじいさんが立っていたんです。俺が台車で荷物運んでたら、じろじろと荷物を見てました。それで睨みつけてやったら、顔をそらしましたけどね」

「じいさん？」

あたしはもう一度曲がり角を見てから、そばにあったサンダルを履いて速足で歩いていった。だが角を曲がったところにはもう誰もいなかった。エレベータを見ると、下降している最中だった。

部屋に戻ると冬子が不安そうな顔で出迎えた。

「どうだった？」

「誰もいなかったわ」

それからあたしは配達係の彼に、老人の風体を訊いた。彼はちょっと首を捻った。

「どうってことのないじいさんでしたよ。頭は白くて、背は普通ってところかな。身なりはわりと良かったですよ。薄茶色の上着を着てたりしてね。顔はちらっとしか見てないから、忘れちゃったな」

あたしは礼をいって彼を見送り、ひとまず玄関のドアを閉めた。

「冬子におじいさんの友達なんてないわよね」

口に出すとつまらない冗談に聞こえた。冬子もこれには答えず、「何を見ていたのかしら？」と真面目な疑問を口にした。

「もしあたしの部屋を見張っていたのだとしたら、あたしに用があるんでしょうね」

もっともそのおじいさんが本当にこちらの様子を窺っていたのかどうかはわからない。散歩の途中、たまたま通りかかっただけかもしれない。マンションの狭い廊下を散歩するというのも妙な話だが。

「ところでこの大きな荷物は何なの？」

冬子が二つのダンボールをさして訊いたので、あたしはその中身について説明した。ついでに、今日新里美由紀がやってくることもだ。美由紀は今夜にやってくることになっているので、それまでには帰ってこなければならない。

「川津さんの過去がこの中につまっているわけね」

冬子がしみじみとした口調でいった。そんなふうにいわれると、あたしはすぐにでもダンボールを開きたい衝動にかられたが、美由紀との約束もあるので我慢することにした。それに何より、もう出かけねばならない時刻になっていた。

部屋を出てエレベータに乗ったが、この時ふと、例のおじいさんは誰かを見ていたのではなく、運ばれてきた荷物を見ていたのではないかという気がした。

スポーツセンターに向かう途中、冬子が山森《やまもり》卓也《たくや》社長に関することを教えてくれた。少しは予備知識がないとまずいだろうということで、今朝大急ぎで調べてもらったのだ。

「卓也氏の奥さんの父親が山森秀孝《ひでたか》氏。ヤマモリ・グループの一族よね。つまり卓也氏は婿養子ということ」

ヤマモリ・グループというのは電鉄会社を中心に成長してきており、最近では不動産にも力を入れている。

「卓也氏は学生時代水泳の選手で、オリンピックを目指した時期もあったらしいわ。大学、大学院と運動生理学を学び、卒業後山森百貨店に入社。どうして山森百貨店が彼を欲しがったかというと、その当時スポーツセンターを始めようとしていて、そのための専門スタッフがどうしても必要だったわけ。そして彼は会社の期待通りの働きをしたらしいわ。彼のアイデアや企画はことごとく当たって、当初は赤字覚悟だったスポーツセンターが大変な利益を生んだのよ」

水泳選手としては大成しなくても、企業人としては一流だったということだ。

「三十歳の時に山森秀孝副社長の娘に見初められて結婚。その翌年にスポーツセンターはヤマモリ・スポーツプラザとして独立。その八年後、卓也氏はその実質的な経営をまかされたわ。社長に昇格というわけ。それが一昨年の話よ」

「絵に描いたみたいなサクセス・ストーリーね」

あたしは率直な印象をいった。

「社長に就任してからも精力的に動きまわっているわ。宣伝を兼ねて各地で講演をしてるし、近ごろではスポーツ評論家だとか、教育問題評論家なんていう肩書までつけてるのよ。そろそろ政治にも目を向け始めたっていう噂だし」

「よくばりなのね」

とあたしはいった。

「でも敵も多いっていう話だわ」

彼女が憂慮するような目をした時、地下鉄は目的の駅に到着した。

ヤマモリ・スポーツプラザは、アスレチック・ジムにフィットネス・スタジオ、それから室内プールやテニスコートまで完備されたスポーツ総合施設だった。ビルの屋上にはゴルフ練習場もある。

一階のフロントで用件を話すと、髪の長い受付嬢は、二階に行ってくれといった。二階はアスレチック・ジムになっていて、その奥が事務所らしい。

「今はこういう商売が一番儲かるのよ」

エスカレータの途中で冬子がいった。「物は余ってる状態でしょ。欲しいものはほとんど何でも手に入るわ。あとは健康で美しい身体があればいいというわけね。それに日本人は余暇の使い方が下手だっていわれてるでしょ。それがこういうところに通っていると、時間を有効に使っているという安心感を得られるしね」

「なるほどね」

あたしは感心して頷いた。

受付嬢がいった通り、二階はアスレチック・ジムだった。広いフロアではあるが、その広さを感じさせないほど大勢の人間が動きまわっていた。手前では中年太りのおじさんが胸の筋肉をつけるフィットネス・マシーンに悪戦苦闘しているし、その向こうではおばあさんが走っている。おばあさんは首にタオルを巻いて懸命に脚を動かしているが、その身体は少しも前に移動していなかった。よく見ると彼女は太いベルト・コンベアのようなものの上を走っていて、それがくるくる回るので身体が移動しないのだった。

自転車をこいでいる太った婦人もいた。もちろんこれも普通の自転車ではなく、床に固定されていて、前方の金属板だけが回るという代物だった。彼女はまるでトライアスロンの選手みたいに必死の形相で太い脚を動かしていた。発電機を取り付けておけば、ワン・フロアの電気代ぐらいは浮きそうな気がした。

大勢の人間が蠢《うごめ》きながら熱い汗と息を放出しているフロアを通りすぎると、エアロビクスのスタジオの前に出た。大きなガラス窓がついていて、そこから中を見物できるようになっている。派手なレオタードを着た三、四十人の女性が、インストラクターに合わせて踊っているのが見えた。

「面白いことを発見したわ」

あたしは歩きながらいった。「学校の教室と同じなのよ。先生の近くにいる人ほど出来がいいわ」

レッスン・ルームを左手に見ながら廊下を進むと、突き当たりにドアがあった。ドアを開けると十個の机が二列に並んでいて、それと同じくらいの数の人間が立ったり座ったりしていた。机の上にはコンピュータの端末機も載っかっていて、ちょっと見たところでは何の事務所かわからないぐらいだ。

誰もが忙しそうにしていたが、冬子は一番手前に座っていた、落ち着いた感じの女性に声をかけて用件をいった。年齢は二十代半ばといったところ、髪に緩いパーマをかけ、淡いブルーのブラウスを着ていた。その女性は微笑みを浮かべたまま頷くと、傍らの受話器を取り上げ何かのボタンを押した。じきに相手が出たらしく彼女はあたしたちの来訪を告げた。

だがすぐに面会とはいかなかった。

事務の彼女は恐縮した顔をあたしたちに向けた。

「申し訳ないのですが、ちょっと急な仕事が入って、今すぐにはお会いできないんだそうです。一時間程かかるそうなんですが」

あたしたちは顔を見合わせた。

「あの、それでですね」

事務の彼女がさらに遠慮がちに口を開いた。「社長が申しますには、待っている間に、是非当スポーツ施設を体験していただきたいということなんです。で、その感想をお聞かせいただきたいと」

「えっ、でも何も準備してきていないし」

あたしが慌てた口調でいうと、彼女はすべて承知しているという顔で頷いた。

「トレーニング・ウェアでも水着でも、すべてこちらが用意させていただきます。もちろん済んだあとは、お持ち帰りになって結構です」

あたしは冬子を見て、やれやれという顔をした。

その十数分後、あたしたちは室内プールで泳いでいた。フィットネス水着を貰えて御機嫌だった。さすがに会員制だけあって、のびのびと泳ぐことができる。化粧が崩れるので顔は水につけられなかったが、しばし夏の暑さを忘れて、あたしたちは水の中で手足を伸ばした。

服に着替え、化粧を整えてから事務所に行くと、先程の女性が笑顔で迎えてくれた。

「どうでした、プールは?」

「最高に快適でした」

とあたしはいった。

「それで山森さんは?」

「はい。あちらのドアからお入りになってください」

彼女が指さしたのは奥のドアだった。あたしたちは彼女に礼をいって、そのドアに向かった。

ドアをノックすると、「どうぞ」という男の声が返ってきた。まず冬子が入り、あたしも彼女に続いた。

「ようこそ」

正面に大きく高級そうな机があり、その向こうに座っていた男が立ち上がった。背はあまり高い方ではないが、肩幅は広く、濃紺のスーツがよく似合っている。さりげなく流した前髪と日焼けした肌がいかにも若々しいが、年齢は四十を越えているはずだった。太い眉と引き締まった唇が、負けん気の強そうな印象を与えている。

「申し訳ありませんでした。どうしても済ましておかねばならない仕事が入りましてね」

彼はよく響く声でいった。

「いいえ」

あたしたちは並んで頭を下げた。

向かって左側にも机があり、ここには白いスーツ姿の若い女性がいた。たぶん秘書だろう。猫みたいにつり上がった目をしていて勝気そうな印象を与える。

あたしたちが名乗ると、彼も名刺をくれた。『ヤマモリ・スポーツプラザ　社長　山森卓也』とそこには印刷してあった。

「これがこの方の最新作です」

冬子はバッグの中から、あたしが最近出した本を取り出して、山森氏に手渡した。

「なるほど」

彼は茶器をながめるみたいに本をいろいろの角度からながめ、最後に表紙とあたしの顔を見較べた。

「推理小説というのは久しぶりですよ。大昔にシャーロック・ホームズを読んだが、それ以来です」

あたしはいうべき言葉が見あたらなかったので黙っていた。是非読んでくださいといえるほどの作品ではないし、読まない方がいいというのも変な気がした。

部屋の中央に応接セットがあり、山森氏に勧められてあたしは冬子と並んで座った。革張りの、座りごこちのいいソファだった。

「それで、どういうことをお知りになりたいわけですか？」

山森氏は穏やかな表情と口調で訊いてきた。あたしは小説の題材にスポーツセンターを使いたいので、その運営方法や会員のことなどについて知りたいのだと答えた。冬子と打ち合わせた通りだ。いきなり川津雅之のことに言及しても不審に思われるだけだろうと思ったのだ。

あたしはセンターの仕組みや経営などについて、思いついたまま質問していった。山森氏はそのひとつひとつに対して、丁寧に、そして時折冗談などもまじえながら説明してくれた。途中秘書の女性がコーヒーを持ってきてくれたが、彼女はまた部屋を出ていった。席を外しているようにいわれているのかもしれない。

あたしは間を取るためにコーヒーをひと口飲み、できるだけ何気なく本筋に入っていくことにした。

「ところで最近川津さんにもお会いになったそうですね」

唐突な質問だと思ったが、山森氏の表情は全く変わらなかった。相変わらず口元に笑みを浮かべたまま、

「川津雅之さんですか？」

と尋ねてきた。

「そうです」

答えると、あたしを見る彼の目に変化が現われたような気がした。

「川津さんとはお知り合いなんですか?」

彼の方が訊いてきた。

「ええ、ちょっと。それで彼が持っていたスケジュール表に山森さんと会われたことが書いてあったものですから」

「なるほど」

山森氏はゆっくりと首を上下に動かした。

「お見えになりましたよ。先週です。やはり取材だとおっしゃってました」

やはり雅之はここに来ていたのだ。

「何を取材していかれたんですか?」

「スポーツ関連産業について」といってから、彼はにやりとした。「まあ早い話が、こういった商売が、今どの程度儲かるかを調べていかれたようですね。皆さんが思うほどじゃない、というのが答えなんですがね」

面白そうにそういうと、山森氏はテーブルの上の煙草入れからKENTを一本取り出して口にくわえ、同じくテーブルの上に置いてあったクリスタル装飾のライターで火をつけた。

「川津さんとは以前から面識がおありだったのですか？」

すると彼はちょっと首を傾け、煙草を持ったままの右手の小指で、眉の上あたりをかいた。

「ありましたよ。私も時々はジムでトレーニングをするのですが、その折によく顔を合わせましたからね。なかなかいい男です」

「じゃあその取材の時にも、ちょっとした世間話程度は交わされたんでしょうね？」

「本当に世間話程度ですがね」

「どういう話をしたか、御記憶にございません？」

「つまらない話ばかりですよ。私の家族の話だとか、彼の結婚の話だとかね。彼、独身なんですよ、御存知ですか？」

「知っています」

とあたしは答えた。

「そうですか。その時も、早くいい女性を見つけた方がいいって、はっぱをかけてやったんですよ」

そういって彼は深々と煙草を吸い、乳白色の煙を吐きだしながら笑った。だがその笑いがおさまると、今度は逆に、

「ところで、あの方がどうかされたんですか？　こんなことまで小説の取材に必要だとは思えないのですが」

と問いかけてきた。穏やかな顔つきに変化はないが、その目に射抜くような迫力があることに気づいた。あたしは彼の視線から逃れるように一瞬だけ目を伏せ、それから思い直してまた顔を上げた。

「じつは彼、死んだんです」

山森氏の口が、ほう、というような形のまま止まった。それから彼は、「お若い人でしたよね。御病気ですか？」と訊いてきた。

「違います。殺されたんです」

「なんと……」

彼は眉をひそめた。「いつですか？」

「つい最近です」

「どうしてまた……」

「わかりません」

とあたしはいった。

「ある日刑事さんが来て、彼が殺されたと教えてくれたんです。毒を飲まされて頭を割られて、そしてゴミみたいに港に捨てられていたそうです」

さすがに彼は、一瞬返答に困ったようだった。

しばらくして口を開いた。

「そうですか。それはお気の毒なことでしたね。つい最近ですか……それは全然知らなかったな」

「正確にいうと、山森さんが彼とお会いになった日の二日後です」

「ほう……」

「お会いになった時、彼、何かいってませんでした？」

「何か、とは？」

「たとえば、殺されることを暗示するような台詞です」

「とんでもない」

彼は声のトーンを上げた。

「そんな台詞を聞いていたら、事情を聞かずに帰したりしませんよ。それとも、彼はどこかでそういうことをしゃべっているのですか？」

「いえ、そういうわけではないんですけど」

山森氏の目に怪訝そうな光が滲んできた。

「ちょっと気になったものですから」

とあたしはいい、唇に笑みを浮かべることにした。あまりこの話題に拘わると、いい加減不審に思われるだろう。

このあとセンター内を改めて見学させてもらえるという話になった。山森氏はインターホンを使って、その旨を外の秘書にいった。間もなく美人秘書が、うしろに女性を連れて入ってきた。先程から何度か世話になっている、女子事務員だった。彼女が案内役をしてくれるらしい。

「ごゆっくりどうぞ」

女子事務員に続いて部屋を出るあたしたちに、山森氏が声をかけた。

案内役の女子事務員は、春村志津子《はるむらしづこ》と印刷された名刺をくれた。あたしと冬子は彼女のあとについて、センターの中を見学することにした。

アスレチックのところで、チーフ・インストラクターの石倉《いしくら》という三十歳前後の男を紹介された。石倉はボディービルの選手みたいに――実際そうなのかもしれない――全身の筋肉を盛りあがらせていて、それを誇示するように薄手のTシャツを着ていた。中年の婦人が喜びそうな甘いマスクをしていて、短く刈った髪も清潔感を出すという意味では成功しているようだった。

「推理小説の題材？　ほう」

石倉は、値踏みするような視線を露骨に向けてきた。

「それは是非読ませてもらいますよ。だけどジムのインストラクターが殺されるなんていうストーリーは、出来れば遠慮したいですね」

こちらは白けていたが、本人は気のきいた冗談でもいったつもりなのか、無神経な声で笑った。

「石倉さんは社長の弟さんなんです」

アスレチック・ジムのフロアを離れてから、志津子さんが教えてくれた。

「やはり社長と同じく、体育大学を出ておられるんだそうです」

ということは山森卓也氏の旧姓も石倉なのか。石倉兄弟はうまく山森一族の傘下《さんか》にもぐりこんだということだ。

室内テニスコートに向かう途中、前から二人の女の人が歩いてきて、志津子さんが会釈した。一人は中年の婦人で、もう一人は小柄な女の子で中学生ぐらいに見えた。親子なのかもしれない。婦人の方は、黒っぽい色のワンピースを着た、やけに貫禄のある女性だった。顔よりも大きなサングラスをかけていて、そのレンズの色は淡い紫だった。

女の子の方はとても顔が白く、大きく澄んだ目を、婦人の背中のあたりに向けていた。

婦人はサングラスの具合を直しながら、

「山森は部屋にいるかしら？」

と志津子さんに訊いた。

「いらっしゃいます」

と志津子さんは答えた。

「そう」

婦人は小さく頷き、それからあたしたちに目を向けた。あたしも冬子も軽く頭を下げたが、相手は黙って志津子さんの方を見た。

「あの、こちらはですね……」

焦ったようすで志津子さんがあたしたちのことを婦人に紹介した。だが彼女の愛想は格別よくなることもなく、「それはごくろうさま」という無感情な声が返ってきただけだった。

「社長の奥様です」

と志津子さんは彼女のことをあたしたちに紹介した。なんとなく予想していたことなので別に驚かず、

「山森社長には親切にしていただきました」

とあたしが代表して礼を述べた。

社長夫人はこれには何も答えなかった。志津子さんの方を向いて、

「部屋にいるのね」

と確認するようにいっただけだ。そして女の子の右手を取ると自分の左肘のあたりを摑ませ、「じゃ、行くわよ」と小さく声をかけた。女の子は頷いた。

社長夫人がゆっくりと足を踏み出すと、女の子もそのあとに続いた。そして二人は廊下を進んでいった。

あたしたちは彼女たちの後ろ姿を見送ったのち、再び廊下を進んだ。

「あのお嬢さんは由美《ゆみ》さんとおっしゃるんです」

志津子さんが抑え気味の声でいった。

「山森社長の娘さんなんですね？」

あたしが訊くと彼女は頷いた。

「生まれつき目が御不自由で……全然見えないわけではないらしいんですけれど、矯正しても視力が上がらないんだそうです」

あたしは返すべき言葉が見つからずに黙っていた。冬子も口を閉ざしている。

「でも家に閉じこもっていてはいけないと社長がおっしゃって、月に何度かはこのセン

ターに運動をしにこられるんです」

「ハンデがある分、山森さんにとっては余計に可愛いんでしょうね」と冬子。

「それはもう」

志津子さんは声に力をこめた。

やがてテニスコートに到着した。テニスコートは二面あって、短いスコートをはいたおばさんたちが、コーチの打つボールを打ち返す練習をしていた。コーチはボールを打つだけでなく、「ナイスショット」だとか、「もっと膝を使って」とか声をかけるのにも忙しそうだった。

「あ……ちょっとすみません」

志津子さんがあたしたちにいって、廊下の方に走っていった。見ると、作業服を着た男が、台車にもたれかかるような格好で彼女を待っていた。身体の大きい男で、色黒の顔に金縁の眼鏡をかけている。鼻の下にたくわえられた口髭がやけに気になった。彼女が行くと、男は顔をこちらに向けたまま何か話しかけているようすだった。彼女の方も、受け答えしながらちらちらと目線を向けてくる。

しばらくして彼女は戻ってきた。

「どうもすみません」

「御仕事があるんでしたら、もうこれで……」

冬子がいったが、彼女は掌を振った。

「なんでもないんです」

あたしは作業服の男を見た。男は台車を押しながら廊下を進んでいく。そして彼がこちらを振り返った時、あたしと目が合った。彼はあわてて目をそらし、台車を押す速度を上げたようだった。

このあと志津子さんの案内でゴルフ・レッスン場も見学し、パンフレットを山のように貰ってからセンターを出た。志津子さんは出口のところまで送ってくれた。

このようにしてセンターでの取材は終わった。

2

帰りの地下鉄の中で、あたしたちはお互いの印象を披露した。

「なんともいえないけれど、あの山森という社長はひとくせありそうね」

あたしの意見だった。

「何か知ってて、それを隠しているような気がして仕方がないんだけどな」

「口ぶりからすると、川津さんが殺されたことは知らなかったみたいだわね」と冬子。

「それがおかしいと思うの。会員の一人が殺されたってことを、いくら親しくなかったからって知らないはずはないんじゃないかしら」

冬子は答える代わりに小さなため息をつき、二、三度顔を横に振った。何か意見を述べられる段階ではないといった表情だった。

もちろんあたしだってそうなのだ。

冬子と別れてマンションの部屋に戻ると、仕事場に置いた電話が鳴っていた。あわてて受話器を取ると、どこかで聞き覚えのある声が耳に届いた。

「新里です」

と相手はいった。

あたしは納得して、「はい」と答えた。時計を見たが、まだ約束の時刻までには余裕があった。

「じつは川津さんの資料をお借りする必要がなくなったんです」

彼女の口調は、まるで何かに対して怒っているみたいにつっけんどんな感じがした。

「といいますと?」

「今日、ほかの調べごとをしている時、たまたま欲しかった資料が見つかったんです。

どうもお騒がせしてごめんなさい」

「じゃあ、もうこちらにはお見えにならないんですね？」

「ええ」

「ダンボールも開けちゃっていいんですね？」

「結構です。本当にすみませんでした」

わかりました、といってあたしは電話を切り、部屋の隅に置いたままの二つのダンボール箱を見た。箱は仲の良い双子のように、きちんと並んで座っていた。

あたしは服を脱いでスウェットに着替えると、冷蔵庫から缶ビールを取り出して飲み始めた。そしてソファに座り、ダンボール箱を眺めた。箱は引っ越し屋から買ったものらしく、派手な色で『引っ越しなら××へ』という印刷がしてあった。

ビールを半分ぐらい飲んだところで、急に妙なことに気づいた。双子のように似ているはずの二つの箱に、ちょっとした違いがあるのだ。

それは梱包《こんぽう》のやり方だった。片方に較べ、もう一方はやや雑な感じがある。ガムテープも、あちこちに皺が寄ったまま貼りつけてあり、とても丁寧とはいえないのだ。

おかしいな——とあたしは思った。

今朝運ばれてきた時、川津幸代の性格を表わしたような丁寧な梱包に感心した覚えがある。ガムテープも、まるで定規をあてたみたいに奇麗に貼ってあった。両方とも――そう、両方ともそうだった。間違いない。

あたしはビールを飲みほすと、荷物に歩み寄り、ガムテープの貼り方が雑な箱を念入りに調べてみた。調べるといっても、まわりをじろじろ眺めるだけの話だ。

箱を見ているだけでは何もわからなかったので、ガムテープを取って開けてみることにした。箱の中には、本やノート、スクラップ・ブックなどがかなり乱雑にほうり込んであった。

あたしはそれをそのままにして、もう一方の箱を開いてみた。予想通り、こちらの中身は整然としていた。ガムテープの貼り方と同じく、幸代さんの性格が反映されている。

あたしは二つの箱から離れると、サイドボードからグラスとバーボンのボトルを取り出し、身体を投げ出すみたいにしてもう一度ソファに腰かけた。そしてグラスに酒をつぎ、ごくりとひとくち飲みこんだ。弾みかけていた胸の鼓動が、それでいっときだけ落ち着いた。

落ち着くと受話器に手を伸ばし、プッシュ・ボタンを押した。コールサインが三回鳴ってから、相手は出た。

「萩尾ですが」――冬子の声だ。

「あたしよ」

とあたしはいった。

「ああ……。どうしたの？」

「やられたわ」

「やられた？」

「誰かが部屋に入ったらしいの」

彼女の息を飲む気配。しばらくして、

「何か盗まれたの？」

「盗まれたわ」

「何を？」

「わからない」

受話器を耳にあてたまま、あたしはかぶりをふった。

「でもたぶん、とても大事なものよ」

3

翌日、あたしは冬子が勤めている出版社まで足を運んだ。葬式の時に顔を合わせた、田村という編集者に会うためだった。もちろん、会う段取りをつけてくれたのは冬子だ。

出版社のロビーで落ち合い、三人で近くの喫茶店に入った。

「新里さんについてですか？」

田村氏はコーヒーを口に運ぶ手を止めて、愛敬《あいきょう》のある目をさらに丸くした。

「ええ、是非あの方のことを教えてほしいの」

「でも僕だってそれほど詳しく知っているわけじゃありませんよ。僕は川津さんの担当であって、新里さんの担当じゃないですからね」

「知ってる範囲でいいのよ」

冬子が横からいった。田村氏のことを最初にいったのは彼女だった。

昨日あれからすぐに冬子が部屋に来てくれた。彼女を待つ前に調べたが、あたしの荷物は何もなくなっていなかった。貯金通帳もわずかばかりの現金もそのままだ。侵入者の形跡をとどめているのは、ダンボール箱の梱包の具合だけだった。

「たぶんあたしが梱包の仕方まで覚えているとは思わなかったんでしょうね。でもこう見えても、案外注意深いのよ」

ダンボールの変化に気づいたことについて、あたしは冬子にこんなふうにいった。

「さすがね」

と彼女も感心してくれた。

「結局犯人の狙いは、ダンボールの中身だったわけね。それで心当たりは？」

「ひとつだけあるわ」

川津雅之の資料を荒らされたとわかった時、真っ先にあたしの頭に浮かんだのは、その直前に電話をかけてきた新里美由紀のことだった。前日、あれほど熱心に資料を見せてくれといっていた彼女が、突然電話をかけてきてもう資料は必要ではなくなったという。何かおかしいな、と思うのが当然だろう。

「すると彼女が盗んだっていうの？」

冬子は意外そうな顔をした。

「もちろん断言はできないわ。でも彼女の言動は最初から変だったのよ。その資料を手に入れるためにわざわざ引っ越しの手伝いをしたり……」

「だけどあなたから資料を受け取る約束をしていたんでしょう？　だったら盗む必要なんかないんじゃないの？」

「まともに考えるとそうだけど」

あたしは少しいい淀んでから、思いきっていった。

「その資料というのが、彼女にとって絶対に人に見られてはいけないものだったらどうかしら。こっそり盗みだしたいと思うんじゃないかしら」

「絶対人に見られてはいけないもの……か」

冬子はあたしがいった言葉を反復し、ちょっとの間考えていたが、すぐにその切れ長な目を大きく開いた。

「あなた、もしかしたら彼女が川津さんを殺したと疑ってるんじゃ……」

「大いに疑ってるわ」

あたしははっきりといった。

「もしあたしの仮説が正しいとすれば、彼女の秘密を知った川津さんを殺すということは、充分に考えられるわ」

「そういうふうに推理しているわけか……」

冬子は腕組みし、ダンボールの中身を見直した。

「でも彼女が忍びこんだという推理には、大きな壁が二つあるわね。ひとつは、なぜあなたが今日の昼間は留守だということを知っていたかということ。そしてもう一つは、どうやって部屋に入ったかということ。戸締まりはきちんとしてあったんでしょう？」

「密室だったわ」

とあたしはいった。

「じゃあその点を解決しなきゃだめね。でも新里さんについては、少し調べてもいいかもしれないわね」

「当てはあるの？」

「それは大丈夫」

そこで田村氏の名前が出てきたのだった。

だが田村氏の話は、あまりあたしの興味を引くものではなかった。

新里美由紀が女性カメラマンとして結構いろいろな分野で活躍しているということは充分にわかったが、聞きたいのはそんなことじゃない。

「川津さんと一緒にしていたという仕事のことを聞きたいわ」

あたしは率直にいってみた。

「紀行文の連載を某雑誌でやってたという話だったわね」

「ええそうです。でも前にもいったように、すぐに打ち切りになったらしいですよ」

「たしかこの前のお葬式で彼女に会った時、彼女が自分の口で、川津さんとは相性が悪いとかいってたわね」

なんとなく気にかかる言葉だから覚えている。

「いってましたね」

田村氏も覚えていたようだ。

「あれは、その紀行文の連載が中断しちゃったことをいってるのかしら?」

「いや、そういうことではないんですよ」

田村氏は椅子に座りなおして、ちょっと身体を前に出してきた。

「紀行文の出来自体は悪くはなかったんですよ。評判もまあまあってところでした。ところが何回目かに取材したのがY島でしてね、そこで事故に遭っちゃったんですよ。川津さんはもちろん、新里さんもね。相性云々は、そこからきているんじゃないですか」

「事故に遭ったの?」

もちろん初耳だ。

「クルーザーの転覆事故ですよ」

田村氏がいった。

「川津さんの知り合いで、クルーザーでY島に渡るという旅行を計画している人がいたんだそうです。で、川津さんたちもそれに参加したわけですが、途中で天候が悪化して、クルーザーが転覆しちゃったんだそうです」

「……」

その状況がどんなものなのか、あたしには想像もつかなかった。

「被害はどの程度だったの？」

「十人ぐらい乗っていて、ひとりだけ死んだんじゃなかったかな。あとの人は、近くの無人島に流れついて助かったということでした。で、その時に川津さんは足に怪我をしましてね、それ以後紀行文の方も降りたということですよ」

そういう話は聞いたことがなかった。

「そのクルージング・ツアーでのことを川津さんは書いたのかしら？　紀行文というよりも、事故のドキュメントになるのだけど」

冬子が訊いた。

「それが書かなかったらしいですね」

田村氏は声をひそめて答えた。

「出版社側は書いてくれって頼んだという話ですよ。でも書かなかったんです。無我夢中で行動していたんで、はっきりと覚えていることは少ないからという理由だそうです。まあ彼としては、自分が災難に遭った話なんか掲載したくなかったんでしょうね」

そんなはずはないな、とあたしは思った。物書きであるなら、たとえ被害者が自分であろうとも、こういう絶好のチャンスを逃したりしない。第一、わざわざ取材に出かけなくても、生の声——自分の声だ——を文字にできる。

「まあとにかくミソがついちゃったってことで、そのシリーズはそれっきりになったらしいですね」

他社の話だということで、田村氏は気楽な調子でいった。

「ところでそのクルージング・ツアーの企画というのは、どこかの旅行社が立てたものなの？」

あたしの質問に、

「いえ、旅行社の企画ではないです」

と、田村氏はあっさりと答えた。

「たしか、都内のスポーツセンターの企画だということでしたよ。何というところだったかは忘れちゃいましたけど」

「もしかしたら」

あたしは唇を舐めた。「ヤマモリ・スポーツプラザ?」

するとと田村氏は奥歯から小骨が取れたような顔をして頷いた。

「そうそう。たしかそんな名前でした」

「なるほどね」

あたしは冬子と目を合わせた。


田村氏にだけ会社に戻ってもらい、あたしと冬子はそのまま喫茶店に残ってコーヒーのおかわりを注文した。

「引っ掛かるわね」

テーブルに頬杖をついたまま、あたしはいった。

「川津さんは殺される前に山森氏に会っている。その山森氏のところのクルーザーに乗って川津さんは事故に遭った。またその事故では新里美由紀も一緒だった……」

「その事故に秘密があるということ?」

「まだわからないわ」

あたしは首をふった。

「でももしそうだとしたら、例のあたしの部屋から盗まれた資料というのは、その事故について書いたものじゃないかという気がしてくるわね。新里美由紀が欲しがっていたのも、その資料というわけ」

「そしてそこに書いたことのために、川津さんは殺されたというのね」

「あくまでも推理よ。あたしの推理が飛躍的なことは、冬子が一番よく知ってるでしょ」

あたしの軽口に冬子はちょっとだけ白い歯を見せたが、またすぐに厳しい顔つきにもどった。

「ということは、その事故の秘密というのは、新里美由紀に関係していることなのね」

「彼女だけ、とは限らないわね」

あたしは脚を組み直し、ついでに腕も組んだ。

「川津さんは山森氏に会いに行ってるわよね、つまり山森氏も何らかの形で関係していると思う」

「山森氏はただの取材だっていってたわね」

「隠してるのよ」

あたしは一旦言葉を切って、また続けた。

「彼等にとって隠さなきゃならない理由があるのよ」

「彼等って？」

「それは不明」

あたしはきっぱりといった。

この日マンションに帰ると、あたしは早速ダンボール箱をひっくり返して、自分の推理が間違っていないことを確認した。去年川津雅之が手がけたという紀行文に関する資料は殆ど全部揃っているのだが、例のクルージング・ツアーに関するものだけがいくら探しても見つからないのだ。

そのツアーで何かがあり――もちろんそれは海難事故以外の何かだ――それを知られたくない人間がいるということだ。そして新里美由紀もその一人なのだ。

問題はそれをどうやって探るかということだったが、あたしと冬子の間で、だいたいの方針は決まっていた。

この日の夕食前に冬子から電話が入った。彼女の声はほんの少しだが興奮しているように聞こえた。

「なんとか新里美由紀と会う約束をしたわ」

「ごくろうさま」

とあたしはねぎらった。

「どういう理由で会いたいっていったの？」

「正直にいったわ。川津さんのことで訊きたいことがあるからって」

「警戒しているようすはなかった？」

「さあ、電話だからよくわからなかったけど」

「そう……」

あとはどうやって彼女にしゃべらせるかだった。新里美由紀の、いかにも気の強そうな眼差しが脳裏に浮かび、少し憂鬱になる。

「まあ二人で責めれば何とかなるかもしれないわね」

あたしがいうと、「それがちょっと無理なのよ」と冬子は少し沈んだ口調でいった。

「無理って？」

「彼女から条件を出されたのよ。あなたと二人っきりで会いたいってね」

「あたしと？」

「そう。それが条件」

「どういうつもりなのかしら？」

「わからないわ。あなたが一人なら信用できると思ったのかもしれない」

「まさか」

「とにかく彼女の指示はそういうことなのよ」

「ふうん……」

どういうことなのだろう、と受話器を持ったままあたしは考えた。美由紀は、あたし一人になら秘密を話す気があるのだろうか？

「わかったわ」

とあたしは冬子にいった。

「あたし一人で行ってみるわ。時間と場所を教えて」

4

翌日、あたしは約束の時間に遅れぬように部屋を出た。二時に吉祥寺の喫茶店で会うという約束なのだ。冬子の話では、新里美由紀のマンションがこの近くにあるらしい。

待ち合わせの喫茶店は、手作りっぽい木のテーブルをゆったりと並べた、落ち着いた感じの店だった。店の真ん中に、わけもなくゴムの木を置いてある。灯りはぼんやりとしていて、たしかにじっくりと話をするのに適していそうだった。

黒のタイトスカートを穿いたショートカットの女の子が近づいてきたので、あたしはシナモン・ティーを注文した。

腕時計を腕にはめずにバッグに入れておく習慣なので、店内を見回して時計を探した。店の壁にアンティック調の時計が取りつけられてあり、二時少し前を差していた。

女の子がシナモン・ティーを運んできて、あたしが二、三口飲んだ頃、ちょうど二時になった。

店の調度品などを眺めているうちにさらに五分が過ぎたが、まだ新里美由紀は現われなかった。しかたなくあたしは、シナモン・ティーをちびちび飲みながら入口の方を見ていた。やがてティー・カップは空っぽになり、時計の針はさらに十分の経過を示したが、美由紀の姿は見えなかった。

嫌な予感がした。

あたしは席を立ち、カウンターのところにある電話で、冬子から教えてもらってあった美由紀の部屋の番号にかけた。コールサインが二度三度と鳴る。誰も出ないと思って受話器を置きかけた時、電話のつながる気配がした。

「もしもし」――男の声だった。

「あの、新里さんのお宅ではありませんか？」

あたしはおそるおそる訊いてみた。

「そうですが」

と相手の男。「あなたは?」

あたしは名前を名乗り、彼女がいないかと尋ねた。男は少し沈黙し、それから無感情な声で、

「残念ながら新里さんは亡くなられました」

といった。

今度はあたしが黙った。

「聞いておられますか?」

「ええ……あの、亡くなったって、どういうことなんですか?」

「殺されたんですよ」

男は続けた。

「ついさっき死体が発見されたのです」

モノローグ　2

私の正体を知った時、ごめんなさい、とあの女はいった。だってあたしにはどうすることもできなかったのよ、本当なのよ――と。

私は黙ったまま彼女を見ていた。彼女は落ち着きがなくなり、やがて立ち上がった。お茶でも入れるわ――彼女は私の視線から逃れようとしたのだ。

隙を見て、背後から襲った。

手応えは、意外なほど少なかった。

まるで、そう、マッチ箱を潰すようなものだ。

ふわりと崩れ、後は醜い塊になった。時間が一瞬止まったような気がして、次には静けさに包まれていた。

私は数秒間その場に立ちつくし、それから敏捷《びんしょう》に後始末を始めた。頭は恐ろしいほどに冴えていた。

後始末を終え、それから女を見下ろした。

やはりこの女も、真の答えを知っていたのだった。それを弱さという名の狡《ずる》さで隠していただけなのだ。

私の憎しみの炎は消えない。

第三章　消えた女と死んだ男

1

新里美由紀のマンションは駅から近くて、建物自体も相当新しかった。その新しいマンションの五階に彼女の部屋はあった。

エレベータを降りると、廊下に面してドアがいくつか並んでいたが、どれが彼女の部屋に通じるドアかはすぐにわかった。明らかに警察関係者とわかる男たちが、ものものしいようすで出入りしているからだ。

あたしが近づいていくと、あたしよりも年下と思える制服警官がすぐに寄ってきて、何の用かときびしい口調で訊いた。

先程電話した者だが、出来ればこちらに来てもらえないかと頼まれたのでやって来た、と彼に負けないくらいはっきりした調子でいってやると、途端に彼は戸惑いの表情を見せて部屋の中に入っていった。

生意気な制服警官の代わりに出てきたのは、中年だが彫りの深い二枚目だった。彼は捜査一課の田宮《たみや》と名乗った。声から察すると、さっきの電話の主らしい。田宮刑事は、階段の踊り場のところまで、あたしを連れていった。


「ほう、推理小説を？」

刑事は意外そうにあたしの顔を見た。ほんの少し好奇の色が滲んでいる。

「じゃあ、後で笑われないような捜査をしないといけませんね」

あたしが白けた顔で黙ってしまったので、彼も真顔に戻り、

「今日の二時に会う約束をしておられたのですね？」

と質問に移ってきた。

「そうです」

「失礼ですが、どういった御関係だったのですか？」

「あたしの恋人を通じた知り合いです」

嘘ではない。

「なるほど」

といってから、刑事は遠慮がちに、「もしよろしければ、その方の名前をお聞きしたいのですが」とあたしを見た。

「川津雅之という人です」

とあたしは答えた。

「フリーライターです。でも最近死にました。やはり殺されたんです」

ペンを走らす田宮刑事の手がぴたりと止まった。そして欠伸をするみたいに口を大きく開いた。

「あの事件の？」

「ええ」と頷く。

「そうでしたか」

田宮刑事は厳しい顔つきになって下唇を噛むと、二、三回深く首を縦に動かした。

「じゃあ今日会う約束をされたというのも、その関係のことですか？」

「いえ、そういうわけではないんです。川津さんが仕事で使っておられた資料をあたしが譲り受けたものですから、何か必要なものがあればいってくださいという話をするつもりだったんです」

あたしはここへ来るまでに用意しておいた答えをしゃべった。

「なるほど、資料をね」

刑事は眉間に皺《しわ》を寄せ、手帳に何か書きこんだ。

「それ以外に、新里美由紀さんと個人的なつきあいはあったのですか？」

「いえ、川津さんのお葬式で会った程度です」

「今日の約束はどちらから？」

「あたしからしました」

「いつのことですか？」

「昨日です。知り合いの編集者を通じて、約束をとりました」

あたしは冬子の名前と電話番号を刑事にいった。

「わかりました。ではこの萩尾冬子さんという方にも当たってみましょう」

「あの、ところで新里さんが殺されたのはいつ頃なんですか？」

あたしは田宮刑事の彫りの深い横顔に尋ねてみた。彼は小さく首を傾げてから、

「鑑識の話だと、それほど時間は経っていないそうです。一、二時間経過ぐらいですね」

と答えた。

「どんなふうに殺されていたんですか？」

「頭です」

「頭？」

「後頭部を青銅の置物で殴られたらしいです。現場を御覧になられますか？」

「いいんですか？」

「特別ですよ」

部屋ではまだ鑑識や刑事がせわしなく動きまわっていた。その間を縫うようにして、あたしは田宮刑事のあとをついていった。

玄関を上がると、十二畳ほどのリビングがあり、その向こうにベッドが置いてあった。リビングにはガラス製のテーブルがあり、その上にはティー・カップが一つ載っかっている。部屋の隅にはキッチンがあるが、流しにはまだ洗われていない食器がいくつか積みあげられてあった。

まるで生活の臭いを残したまま、時間が止まってしまったようだった。

「死体を発見したのは、新里さんの友人の女性です。時々遊びに来るんだそうですが、玄関が開いていたので勝手に入ったところ、ベッドの上で倒れている新里さんを見つけたんだそうですよ。その女性は今ショックで寝こんでますがね」

気の毒に、とあたしは呟いた。

刑事たちから解放されてマンションを出た時、外はもう夕方になっていた。等間隔に立てられた街灯が駅への道を照らしだしている。あたしはその下を歩きはじめたが、電話ボックスを見つけるとその中に入った。この時間なら冬子は自宅にいるはずだった。

「情報は得られた?」

あたしの声を聞くと、彼女はまずこういった。今まで新里美由紀と話していたと思っているのだろう。

「彼女は殺されたわ」

あたしはいった。婉曲的《えんきょくてき》に表現する旨い言葉が見つからなかったのだ。

彼女が黙ったので、あたしはさらにいった。

「殺されてたのよ。頭を割られて……。約束の時間になっても現われないので電話したら、彼女の代わりに刑事が出たの」

「………」

「聞いてる?」

少しして冬子の、「ふうん」という声が返ってきた。そしてしばしの沈黙。彼女の顔が思い浮かぶようだ。

ようやく彼女の声が届いた。

「何というか……こういう場合の台詞って難しいわね」

だろうと思う。

「あたしの部屋に来ない？」

とあたしは提案した。

「いろいろと話し合う必要があると思うのよ」

「どうやらそのようね」

彼女も暗い声で呟《つぶや》いた。

それから一時間後、あたしたちは向かいあってバーボンのロックを飲んでいた。

「はっきりしていることは」

とあたしは切りだした。「あたしたちがどうやら後手を踏んだらしいということね。敵の方が一歩早かったというわけ」

「敵って何者なのかしら？」

「わからない」

「例の海難事故との関連については警察に話したの？」

「話してないわ。確たる何かがあるわけではないし、今度のことはなるべく自分の力で何とかしたいと思っているから。じつは新里さんと会う約束をした理由も、適当にごまかしておいたのよ」

「そう」

冬子は何事か考えているらしく、ちょっと遠くを見る目をした。

「とにかく去年の海難事故については調べてみる必要があると思うわ」

あたしがいうと、彼女はグラスを置き、

「そのことだけど、ここへ来る前に少し調べてきたのよ」

といってバッグから白い紙を出してきた。見るとそれは、新聞記事をコピーしたものだった。その内容を要約すると――八月一日午後八時頃、ヤマモリ・スポーツプラザ所有のクルーザーがY島に向かう途中で横波を受けて浸水した。乗っていた十一名のうち十名はゴムボートなどで近くの無人島に漂着し、翌朝通りかかった漁船に救出されたが、一名は近くの岩場に叩きつけられて死亡していた。死亡したのは、東京都豊島区の自由業竹本幸裕《たけもとゆきひろ》さん（三十二歳）――ということだった。

「この時のことを調べてみる必要があるわね。前にもいったように、盗まれた川津さんの資料に、そのあたりの秘密が書いてあったのだとあたしは思っているんだけど」

エアコンの温度調節を少し弱めながらあたしはいった。夢中でしゃべっているうちに、部屋は冷蔵庫みたいに冷えきっていた。

「その秘密を守ろうとする人間が、次々に人を殺しているのかしら?」

「わからない。そうかもしれない。でも新里美由紀は秘密を守ろうとした側の人間よ。そしてもし山森氏が関係しているのだとしたら、彼もそうだわ」

冬子は肩をすくめて、

「たしかにそうね」

といった。「で、具体的にはどうする気なの? 海上保安庁に問い合わせるぐらいなら、あたしがやってあげるけど」

「そうねえ」

とあたしは考えこんだ。何かあったとしても、当事者たちが秘密にしている以上、公《おおやけ》の記録に残っているとは思えない。

「やっぱり、まずは直接当事者に当たってみるしかないわね」

「というと、山森氏にもう一度会おうってわけ?」

冬子はあまり気乗りのしない顔をした。

「手材料なしで彼にぶつかっても、軽くいなされるだけだわ。ツアーに参加したほかのメンバーに当たってみましょう」

「となると、まず名前と住所を調べなきゃね」

「大丈夫、アテはあるわ」

そういってあたしは傍らに出しておいた名刺をつまみ上げた。

先日スポーツセンターに行った時に春村志津子さんからもらったものだった。

2

次の日の昼過ぎ、あたしは再びヤマモリ・スポーツプラザに来ていた。一階のパーラーに入ると、レモン・スカッシュを注文してから志津子さんに電話をかけた。彼女はすぐに行くといい、実際五分以内に店に現われた。

「面倒なことをお願いしてすみませんでした」

彼女が椅子に座ると同時にあたしは軽く頭を下げた。ここに来る前に、クルージング・ツアーに参加したメンバーのリストを用意しておいてほしいと頼んであったのだ。

彼女は去年の今頃はまだここで働いていなかったということだから、信用できるだろうと判断したのだ。

「いえ別に面倒なことはないんです。コンピュータに入っている内容をプリントアウトすればいいだけですから。でもどうしてこんなものが必要なんですか？」

志津子さんは前に会った時と同じような微笑みを浮かべて、プリントしたばかりといった感じの出力用紙をテーブルの上に置いた。

「今度の小説の題材にしようと思っているんです。それで、できれば事故に遭われた方々から直接お話を伺いたいと思って」

「そうですか。やっぱり、次々にお話を考えなきゃいけないから大変なんですね」

「本当に、その通りです」

苦笑いしながら、あたしはリストに手を伸ばした。

そこには十一人の名前と住所が並んでいた。先頭は山森卓也氏、そしてその次には正《まさ》枝《え》夫人の名があり、由美さんと続いている。

「由美さんというのは、目が不自由なんじゃ……」

あたしがいうと、その質問を待ち受けていたように志津子さんは深く頷いた。

「どんな時でも特別扱いしないというのが社長の教育方針なんだそうです。たとえ見えなくても、海に接するだけでも大いに価値があるとおっしゃったんだそうです」

「なるほどねえ」

あたしはさらにリストに目を走らせた。川津雅之や新里美由紀の名前もある。新聞記事で見た、死亡した竹本幸裕という男性の名前も見当たった。ほかには、山森氏の秘書の村山則子《むらやまのりこ》、チーフ・インストラクターの石倉らの名前が並んでいる。

「秘書の方も参加されたんですね？」

「ええ。村山さんのお母さんが、社長の奥様のお姉さんに当たるので、家族的な付き合いもなさっているんです」

つまり山森氏の姪《めい》ということらしい。

「ここに金井三郎《かねいさぶろう》さんという名前があって、この方もここで働いておられるように書いてありますね」

金井三郎と書いた横に括弧《かっこ》がしてあって、そこに従業員とある。

「ああ、その人は器具の保守だとか裏方の仕事をしている方なんですけど……」

志津子さんの語尾がにごったが、あたしの行為が不可解なせいだろうと思った。

「やっぱり山森社長の御身内の方なんですか？」

「いえ、そうではありません。単なる従業員です」

「そうですか」

あたしは頷いた。身内でないのなら、少々立ち入った話でも案外簡単にしてくれるかもしれない。

「この方のお話を伺いたいんですけど、今すぐにお会いするわけにいきませんか？」

とあたしは訊いてみた。

「え、今すぐですか？」

「ええ、どうしてもお訊きしたいことがあるんです」

志津子さんはしばらく迷っていたようすだが、

「わかりました。少し待っていてください」

といって腰を上げた。そしてレジのところにある電話から、どこかにかけていた。

数分ほど話していたが、やがて笑みをたたえながら戻ってきた。

「すぐにここに来るそうです」

「どうもすみません」

あたしは頭を下げた。

それからさらに数分たって現れたのは、半袖の作業服を着た髭面《ひげづら》の男だった。見覚えがある。前にこのセンター内を見学させてもらった時に、途中で志津子さんを呼び、さらにそのあともしばらくあたしたちのようすを窺《うかが》っていた男だ。

あたしは少しだけ嫌な予感がした。が、このまま引っ込むわけにはいかない。

金井はややためらいがちに志津子さんの隣りに座った。そしてあたしが差し出した名刺をしつこいぐらい長い間眺めていた。その目元を見て、この男が意外に若いことにあたしは気がついた。

「早速ですが、金井さんは去年のクルージング・ツアーに参加されましたね?」

「はい」

と彼は答えた。どきりとさせられるほど低い声だった。

「それが何か?」

「事故に遭われたとか」

「……ええ」

金井三郎の顔には明らかに戸惑いの色があった。

「天候が悪化して、浸水したんだそうですね」

「そうです」

「天候のことは事前に察知できなかったのですか?」

「多少荒れることはわかっていました。でも皆が出発しようと、社長にいったんです」

全員が承知の上のことだ、という言い方だった。

「ツアーの予定は?」

とあたしは訊いた。

「一泊二日です。横浜からY島に行き、次の日帰るという計画でした」

「その行きに事故に遭ったのですね？」

「はあ……」

「新聞記事によると、乗っていた人たちは近くの無人島に流れついて助かったんだそうですね？」

「あの時は」

と金井三郎は髭面をこすった。「命拾いしました」

「でも、お一人の方だけはお亡くなりになってますね。竹本幸裕という人ですけど」

すると彼は瞼《まぶた》を閉じ、ゆっくりと首を縦にふった。

「波が高かったし、視界も悪かったですからね」

「竹本さんというのは、金井さんのお知り合いですか？」

「いえ、違います」

金井三郎は慌てたようすでかぶりを振った。その反応が少し気になった。

「じゃあどういう関係でツアーに参加されたのですか？　このリストによると、このスポーツセンターの会員でもないようなんですけど」

「いや僕はちょっと……。ほかの人の紹介だと思いますが」

金井は煙草を出すと、せわしなく吸い始めた。

あたしは、先程からずっと横で話を聞いている志津子さんの方を向き、

「春村さんは、この竹本という人のことは知らないですか？」

と訊いた。予想通り彼女は、「いえ」と首をふった。一年前、彼女はまだここの従業員ではなかったのだから当然ではある。

あたしはまた金井三郎に顔を戻した。

「無人島に着いてからのことを詳しく知りたいんですが」

「着いてからのことって……別にどういうこともないです。岩陰で雨風を凌《しの》いで、救助隊が来るのを待ってただけです」

「じゃあ、どんなことを話していたんですか？　おそらく皆さんの頭の中は不安でいっぱいだったと思うんですけど」

「それはそうですけど……。とにかく無我夢中で、何を話したかなんて覚えていないですよ」

彼は煙草の白い煙を吐きながら、またせわしない手つきで髭をこすった。落ち着きがなくなった時に髭をこするのが、この男の癖なのかもしれないとあたしは思った。

話題を変えることにした。

「川津雅之という人が一緒にいたでしょう？　フリーライターで、雑誌の取材といって同行した人です。ここの会員にもなっていました」

「ああ……」

金井は遠くを見る目つきをした。「あの時に足を怪我した人ですね」

そういえば怪我をしたという話を聞いた。

「無人島にいた時、彼がどんなようすだったか御記憶にないですか？　どんなことをしゃべっていたかでもいいんですけど」

「さあ」

と髭面の男は首をひねった。「なにしろ一年前のことですしね……。それに興奮してましたから」

「川津さんとは、あれ以後事故について話をされたことはないのですか？」

「ないです」

と男はいった。

「事故についてだけじゃなく、あれ以後は言葉を交わしたことはありません。たまに姿を見る程度です」

金井三郎は裏方の仕事をしているのだという、志津子さんの言葉が思い起こされた。

「事故に関して、最近何か変わったことはありませんか？」

「変わったことって？」

「何でもいいんです。誰かと話したとか、誰かに何か訊かれたとか……」

「ありません」

金井三郎の答えははっきりしていた。

「僕自身忘れかけていたぐらいです。――ところで、あの事故がどうかしたのですか？　ずいぶん興味を持っておられるようですが」

あたしの表情を窺うような上目遣いで、彼はこちらを見た。

「今度書く小説のために、最近の海難事故についていろいろと調べているんです」

「……」

用意しておいた嘘をいったが、彼の怪訝そうな目は変わらなかった。

あたしはツアー参加者のリストに目を落とした。

「亡くなった竹本さんのほかに、もう一人会員でない人がおられますね。古沢靖子《ふるさわやすこ》さんという人です。この方はどういう関係で参加されたのですか？」

リストには、『二十四歳　ＯＬ』となっている。住所は練馬区。

「さあ、僕は知りません。なにしろ僕も出発の前日に社長に誘われたぐらいですから」

残る参加者は坂上豊《さかがみゆたか》という名前だった。この男はスポーツセンターの会員らしい。職業欄には、『役者』となっている。

「時々見えますよ」

坂上豊について訊くと、金井三郎は少し面倒臭そうに答えた。

「でも最近は話をしたことはないですね。向こうも僕のことなんかは忘れてるんじゃないかな」

そうですかと答えて、あたしは少し考えた。予感した通り収穫は少なかった。二つのことが考えられる。一つは、あの海難事故には別に秘密などないということ、そしてもう一つは、この金井三郎が嘘をついているということ。だがそのどちらについても、今のところ確認する方法はなかった。

しかたがないのであたしは金井三郎と志津子さんに礼をいって終わることにした。二人は並んで店を出ていった。

水を一杯飲み、気分を直してからあたしも立ち上がった。レジに行って代金を払う時、レジ係の女の子が、

「お客さん、春村さんのお友達ですか?」

と尋ねてきた。

「友達というほどでもないけれど……どうして？」

女の子はクスリとかわいい笑い声を漏らした。

「金井さんにお説教しておられたんじゃないんですか？　早く結婚しなさいって」

「結婚？」

訊いてから、はっとした。

「あの二人そういう仲だったの？」

「知らなかったんですか？」

女の子はとても意外そうな顔をした。

「有名ですよ」

「だって話してくれなかったんだもの」

「そうですか……じゃあ、しゃべっちゃ拙《まず》かったのかな」

そういいながらも女の子は、まだ笑っていた。

3

　ヤマモリ・スポーツプラザを出ると、冬子の会社に寄って彼女を呼びだした。

「頼みたいことがあるの」

　彼女の顔を見るなりあたしはいった。

「いきなり何よ。スポーツセンターの方では収穫はなかったの？」

　苦笑する冬子に、ついさっき志津子さんからもらったばかりのリストを見せた。

「事故で死んだ竹本幸裕という人の実家を調べてほしいのよ」

　途端に彼女の顔がきびしくなった。

「この人の死に何か関係があるってわけ？」

「まだわからない。でも何となく引っ掛かるわ。従業員でも会員でもなかった人がツアーに参加してたってこともそうだけど、残りの人が全員助かったのに、一人だけ死んだってことも」

「じゃあ、この人の実家に行って話を聞こうってわけなのね？」

「そういうこと」

「わかったわ」

冬子は手帳を出して、竹本幸裕の住所を書き写した。もっともこの住所を当たっても、現在はほかの人間が住んでいるにすぎないだろう。

「なんとか調べるわ。大丈夫、大して手間どらないと思うわ」

「悪いわね」

本当に冬子には悪いと思っている。

「そのかわり、あたしの方の頼みもきいてくれる？」

「頼みって？」

「ビジネスよ」

冬子は意味あり気に白い歯を見せた。

「この一件が片付いたら、今回のことをノンフィクションということで一本書いてほしいの」

あたしはため息をついた。

「そういうのが苦手だってことは知ってるわね？」

「知ってるわ。でもこれはひとつのチャンスよ」

「……考えておくわ」

「ええ充分考えてちょうだい。——それよりあなたは今日これからどうするの?」

「うん、じつはもう一人当たってみるつもり」

「もう一人?」

「古沢靖子という人よ」

あたしは冬子が手にしたままのリストを指でさした。

「そこにあるでしょ。その人も竹本という人と同じで、従業員でも会員でもないのよ。いうなれば山森グループの部外者ってわけね」

あたしの考えを汲みとったように、冬子はリストに目を据えたまま二度三度と頷いた。

「じゃああなたがマンションに帰る頃を見計らって電話するわ」

「頼むわね」

そういってあたしは冬子と別れた。


地図で調べたところでは、西武線中村橋《なかむらばし》が古沢靖子のアパートに最も近い駅のはずだった。あたしはそこからタクシーをひろい、リストに書いてあった住所を運転手にいった。

十分ほど走ってから、

「その住所ならこのあたりなんですがね」

といって運転手は速度を緩めた。窓から外を見ると、小さな家がいっぱい立ち並んだ住宅街の真ん中を走っている。ここでいい、といってあたしは車を降りた。

だがそこからが問題だった。リストの住所がたしかならば、今走ってきた国道の脇にそういうアパートがあるはずなのだが、それらしき建物は全くない。代わりに建っていたのは、派手な装飾の施されたドライブ・スルーのハンバーガー・ショップだった。

あたしはもしやと思い、チーズ・バーガーとアイス・コーヒーを買いながら店員の女の子に、去年の今頃この店がすでに建っていたかどうかを尋ねてみた。女の子はぽかんとした顔をし、それからまたにっこりして、

「あっ、ここは三カ月前にオープンしたところなんです」

と答えた。

あたしはハンバーガーを胃に流しこむと、派出所の場所を訊いてから店を出た。

派出所には、白髪頭を五分刈りにした、いかつい顔つきの巡査がいた。巡査はハンバーガー・ショップが建つ前にあったアパートのことを覚えていた。

「かなり老朽化してたけど、結構人は入ってたね。松本不動産に行けば、その人たちのことはわかるんじゃないかな」

「松本不動産って？」

「この道を真っすぐいった右側だよ」

あたしは礼をいって派出所を出た。

たしかに巡査がいった場所に松本不動産はあった。三階建ての小さなビルで、その一階の正面には、びっしりと物件紹介を貼ってある。

「あのアパートの住人がどこに行ったかは、こちらではわからないですね」

応対に出てきた若い社員は、面倒臭そうにいった。

「連絡先ぐらい残っていないんですか？」

「残ってないですね」

探そうという気もないらしい。

「じゃあ古沢靖子という女性を覚えておられますか？」

「古沢靖子？」

若い社員はその名前をもう一度口の中で繰り返してから、ああ、と首を縦に動かした。

「いましたね。一、二度しか会ってないんではっきりとは覚えてないけど、わりといかした女性だったんじゃないかな」

「その人がどこに引っ越したか、御存知ないですか？」

「だから、そこまでは知りませんよ」

社員は鬱陶《うっとう》しそうに顔をしかめたが、その視線をちょっと横にそらせた。

「いや、待てよ――」

「どうかしたんですか？」

「たしか外国に行くとかいってたんじゃなかったのかな。本人から直接聞いたんじゃなく、ほかの店子が話していたんですけど」

「外国へ……」

もしそれが本当なら、古沢靖子を追うのは諦めた方がよさそうだ。

「よく外国へ行く人だったみたいですよ」

社員が話のついでといった感じで付け加えた。

「去年も春から夏の終わりまで、オーストラリアに行ってたという話でしたしね。結局あのアパートは仮住まい感覚だったんじゃないですか」

春から夏の終わりまで？

例の海難事故は八月一日だ。どちらかというと、夏の真っ最中だ。

「あの、それ本当ですか？」

「何がですか？」

「春から夏の終わりまで行ってたって」

「本当ですよ。その分まとめて家賃を貰ったんです。まあもっとも見てきたわけじゃないですからね、オーストラリアとかいって、案外千葉あたりで泳いでたのかもしれませんけど」

若い社員は悪意のこもった笑みを浮かべて見せた。

この夜の八時頃、冬子から電話がかかってきた。あたしは古沢靖子の居所をつかめなかったことと、事故当時彼女はオーストラリアに行っていたことになっていることを報告した。

「それが本当かどうかが問題ね」

ひとしきり唸ったあとで冬子がいった。

「その不動産屋がいうように、嘘をついてたのかもしれないわね。なんのためにそんなことをしたのかは、わからないけれど」

「もしそれが嘘じゃなかったとしたら」

あたしがいった。「事故に遭った古沢靖子というのは、いったい誰なのかしら?」

「……………」

電話の向こうでは冬子が息を飲んだらしい。あたしも黙ってしまう。

「とにかく」

と冬子が沈黙を破った。「彼女は行方不明だということね」

「そういうことね。――ところでそちらの方はどう？」

あたしが訊くと、

「なんとか竹本幸裕氏の実家をつきとめたわ」

という答えが返ってきた。

「東北の山奥とかだったらどうしようと思っていたんだけれど、案外近かったわ。厚木の方よ。今からいうから控えてね」

彼女がいう住所と電話番号を、あたしはメモにとった。

「オーケー、ありがとう。早速当たってみるわ」

「あたしも行けるといいんだけど、ちょっと忙しいのよ」

冬子が申し訳なさそうにいった。

「一人で大丈夫よ」

「ほかに何かやっておくことはないかしら？」

あたしは少し考えてから、坂上豊という男に会える段取りをしてほしいと頼んだ。坂上豊もツアーに参加した一人で、リストには『役者』と書いてあったはずだ。

「わかったわ。お安い御用よ」

「悪いわね」

冬子に礼をいってから電話を切り、そのあとまたすぐに受話器を上げた。そして、たった今冬子から聞いたばかりの、竹本幸裕の実家の電話番号をプッシュした。

「竹本ですが」

聞こえてきたのは、太いが若い男の声だった。あたしは自分の名前をいい、幸裕氏のことで訊きたいことがあるのだといった。

「あんたか」

突然男の声が険をおびた。「最近うちのまわりを嗅ぎまわってるのは」

「はあ……？」

「調べまわってるだろう？　コソコソとさ」

「何のことですか？　あたしは今日初めてお宅のことを知ったんですけど」

男が唾を飲む気配があった。

「違ったのか……これはどうもすいませんでした」

「あの、何か最近そういうことがあったんですか？」

「いや、あなたには関係ないです。ちょっと神経質になってたものですから……。兄とはどういう御関係ですか？」

どうやら幸裕氏の弟らしい。

「いえ、幸裕さんとは何の関係もないんです」

あたしは自分が単なる推理作家であり、海難事故を扱った小説を書こうと取材しているというような意味のことをしゃべった。

「へえ、小説をねえ。それはすごいですね」

何をすごいと思ったのか、あたしにはよくわからなかった。

「それでじつは去年の事故のことでお訊きしたいことがあるんです。よければ、一度お話をさせていただけませんか？」

「それはいいですが、僕は会社があるので七時以後でないと無理ですよ」

「いえ別にほかの御家族の方でもいいんですけど」

「家族はいません。僕一人です」

「あ……」

「いつがいいですか？」

「あの、できれば早い方が」

「じゃあ明日にしましょう。明日の七時半に、本厚木駅の近くでいいですか？」

「ええ結構です」

駅前にあるという喫茶店の名前を聞いて、あたしは受話器を置いた。そのあとで、彼がいった話が頭の中に蘇《よみがえ》ってきた。

うちのまわりを嗅ぎまわっている？

どういうことだろう、とあたしは思った。誰が何のために竹本幸裕の実家のことを調べているのだ？

4

翌日、約束の店で竹本幸裕の弟と会った。彼が差し出した名刺には、『××工業株式会社　竹本正彦《まさひこ》』と印刷してあった。

正彦は電話の声でイメージしていたよりも、さらに若かった。たぶん二十代半ばだろう。長身でスタイルが良い。短く刈った髪に軽いウェーブがかかっていて清潔そうだ。

「兄のどういうことをお知りになりたいのですか？」

彼は改まった口調で訊いてきた。彼にしてみれば、あたしの声からもっと若い女性を想像していたのかもしれない。

「いろいろなことです」

とあたしはいった。「事故に遭われたいきさつだとか……それからまず御仕事のことなんかも知りたいんです」

正彦は頷き、注文した紅茶にミルクを入れた。細く、器用そうな指だと思った。

「推理作家だって、おっしゃいましたね？」

紅茶をひとくち飲んだあと、彼の方から尋ねてきた。

「ええ」

とあたしは頷いた。

「じゃあ他の作家にも詳しいんでしょうね？」

「ということもないですけど、少しは知っています」

「じゃあ相馬《そうま》幸彦《ゆきひこ》という名前を御存知ないですか？　外国のことなんかをルポして、雑誌社に売ったりしていたんですけど」

「相馬？」

あたしはちょっと考えただけで首をふった。「残念なんですけど、ルポライターまでは知らないんです」

「そうですか」

彼は手にしていたティー・カップを、また唇まで運んだ。

「その人がどうかしたんですか？」

とあたしは訊いた。

彼はカップの中を見つめたまま、「兄です」といった。

「………」

「相馬幸彦というのは兄貴が使っていたペンネームです。もしかしたら御存知かと思ったんですが、やっぱり大して売れていなかったんですね」

「お兄さんはフリーライターだったんですか？」

あたしは驚いて訊いた。新聞には自由業と載っていたはずだ。

「ええ。それで去年までしばらくアメリカに行ってたんですが、帰ってきてから一度も実家に顔を出さないうちに事故に遭ってしまったというわけです。まさか日本で死んでいるとは夢にも思わなかった」

「御家族はお二人だけ？」

「そうです。事故の当時はお袋も生きていたんですが、冬に病気で死にました。お袋は兄貴が死んでから急に衰弱したみたいでしたね。去年の今頃はまだ元気で、兄貴の遺体を引き取りにいったのもお袋だったんです。でも兄貴の遺体はかなり無残だったそうだから、それが相当ショックだったのかもしれない」

「お兄さんはどういう状況で亡くなられたのですか？」

「僕も詳しくは知らないのですが」

と彼は前置きした。「救助の船が無人島に到着した時に、近くの岩場にしがみつくような格好で死んでいたんだそうです。波にもまれて岩にぶつかったらしいんですが、気力でそこまでは泳いでいったんじゃないかという話でした」

そして彼は唾を飲んだ。彼の喉が上下するのがわかった。

「ただ、納得できない面もあるんです」

彼の声の調子が少し変わり、あたしはおや？　と思った。

「兄は学生時代からスポーツ万能で、泳がせても、ちょっとした水泳部員なみだったんです。その兄だけが波に流されたというのが、どうもあきらめきれなくて」

「………」

「いやもちろん、泳ぎが少しうまい程度のことは関係ないとわかっているんですがね」

余計なことをいいました、と彼は手元にあったコップの水を飲んだ。

「事故が起こってから、竹本さんが帰国していたことを知ったとおっしゃいましたね？」

「ええ」と彼は頷いた。

「じゃあ、どういういきさつがあって例のクルージング・ツアーに参加されたのかは御存知ないわけですね？」

「詳しくは知りません。でも母が聞いてきた話だと、主催したスポーツセンターの人と兄が知り合いで、その関係で便乗させてもらったということでしたけど」

「スポーツセンターの人というのは、従業員という意味ですか？」

その言い方からだと、会員と受け取れないこともない。

「さあ、どうだったんでしょう？」

正彦は首を捻った。

「母はそういっていただけですから」

「すると、その人の名前なんかもわからないんでしょうね？」

「残念ながら……。今まであまり気にかけなかったですし」

そういうものかもしれない、とあたしは思った。兄が死んだという事実の前では、枝《し》葉末節《ようまっせつ》はどうでもよくなるのだろう。

「竹本幸裕さんが親しくしていた人というと、どういう人ですか？」

質問内容を変えることにした。だが正彦の表情は冴えなかった。

「ここ数年は離れて生活していましたからね、そういうことは殆ど知らないんです」

「そう……」

「ただ、どうやら恋人がいたらしいということはわかっています」

「恋人？」

「事故から数日後、兄の部屋の片付けに行ったら、とても奇麗に掃除してあったんです。母は遺体確認の後で寄ったらしいんですが、その時はこんなふうではなかったというんですよね。どうしたんだろうと思っていると、机の上に書き置きが残してあって、幸裕さんと親しくしてもらっていた者だが、こんなことになってとても悲しい、合鍵を返すついでに掃除の手伝いをさせてもらった――というような意味のことを書いてありました。で、事実管理人のところに合鍵を渡していった女性がいたそうなんです。奇麗な女性だったという話ですが」

「その書き置きはありますか？」

だが彼は首をふった。

「しばらく取ってあったんですが、そのうちに捨ててしまいました。その女性からも連絡がないし、気にはなっていたんですが」

「書き置きに署名はなかったんですね？」

「ええ」

「掃除がしてあったほかに、幸裕さんの部屋で何か変わったことはなかったんですか？」

「変わったというか……」

正彦は何かを思いだすような顔をした。

「兄の持ち物の中でなくなっているものがあるんです」

「何ですか？」

「スキットルです」

「スキットル？」

「平たくて、ちょっと反ったような形をした金属製のボトルですよ。山歩きなんかをする人が、ウイスキーを入れたりします」

「ああ……」

アウト・ドア・ライフの店で見たことがある。

「衣服のほかに遺体が身につけていた、唯一の遺品です。革のベルトで腰に縛りつけるようになっていたせいで、それだけは流されなかったらしいんです。母は後日取りに来るつもりで部屋に置いていったのだそうですが、それだけがなくなっていたんです」

「へえ……」

誰だか知らないが、いったい何のためにそんなものを持っていったのだろう?

「それで恋人が形見として持っていったんじゃないかと母と話していたんですが、葬式にもそれらしき女性は現われなかったんです」

「それで、その女性に心当たりはないんですね?」

「ええ、先程も申し上げた通りです」

「そうですか……」

一人の女性の名前が頭に浮かんだ。

「正彦さんは、古沢靖子という女性を知りませんか?」

と、訊いてみた。

「ふるさわ? いえ——」

期待に反して正彦は首をふった。

あたしはツアー参加者のリストを取り出して、彼の前で開いた。

「ではこの中に聞いたことのある名前はありませんか?」

彼はしばらくその名前の列を眺めていたが、軽く吐息をつき、

「ありませんね」

といった。「この方々がツアーの参加者なんですか?」

「そうです」

「ほう」

このあとも彼の表情は変わらなかった。

「あたしがお電話した時、妙なことをおっしゃってましたね?」

なるべく穏やかな顔つきを心掛けながら、あたしは次の話題に移った。「うちのまわりを嗅ぎまわられているとか」

正彦は苦笑いを浮かべて、傍らに置いたままのおしぼりで額をぬぐった。

「すいませんでした。てっきり連中の仲間かと思ったものですから」

「連中?」

「といっても、正体がわかっているわけじゃないんですけど」

「どういうことですか?」

「どういうことか、僕にもわかりません」

彼は肩をすくめて見せた。

「近所のおばさんから声をかけられたのが最初なんですよ。『竹本さん、結婚するの？』ってね。聞くところによると、僕の最近の行動なんかをくわしく尋ねていった男がいるらしいんです。それでそのおばさんは、僕の結婚相手の実家が調査しているんだと勘違いしたらしいです。そのほか、会社の方にも僕がいない間に電話がかかってきたそうです。最近僕が会社を休んだ日なんかを調べていったらしいです」

「へえ……」

警察関係かなと一瞬思ったが、すぐにその考えは打ち消された。彼等なら、聞き込みをする時に名乗るだろう。

「で、そんなことをされる覚えは全くないんですね？」

「ありませんよ。結婚する予定も当分ないし」

「変ですね」

「まったく」

竹本正彦は、うんざりした顔をした。

どうもよくわからない——正彦と会った帰り、小田急線にゆられながらあたしは頭の中を整理しようとした。

まず川津雅之が殺された。彼は誰かに狙われていることを自覚していたし、その犯人にも心当たりがあるようだった。

疑問一、なぜ彼はそれを警察にいうなりしなかったのか？

また、雅之は殺される直前ヤマモリ・スポーツプラザの山森卓也氏に会っている。山森氏は単なる取材だったといっている。

疑問二、本当に単なる取材だったのか？　もし違うなら、何のために会いにいったのか？

次に川津雅之の資料の一部が何者かに盗まれたらしい。資料といえば、新里美由紀も雅之の資料を欲しがっていた。そしてその資料とは、おそらく去年の海難事故に関するものであり、その時事故に遭ったのは、山森氏らを中心とするグループだった。

疑問三、その資料にはいったい何が書いてあったのか？

さらに新里美由紀の死である。彼女は明らかに何かを知っていた。

だめだ、とあたしはため息をついた。

どうまくまとめようとしても、混沌とした部分が多すぎてまともな形にはならなかった。

ただ、はっきりしていることがひとつだけある。

それは、今回の一連の事件が、間違いなく去年の海難事故から端を発しているということだ。

特に、竹本幸裕の死には何か秘密があるのではないだろうか？　正彦がいった言葉が思い出される。泳ぎの得意だった兄だけが死んだということがあきらめきれない――。

第四章　誰かがメッセージを残す

1

二日後、あたしは冬子と一緒に坂上豊に会いにいくことにした。下落合《しもおちあい》にある彼等の稽古場《けいこば》にタクシーで向かう途中、竹本正彦から聞いた話を彼女にした。

「竹本幸裕氏の弟さんのことを誰かが調べているっていうのは、気になるわね」

冬子は腕を組み、軽く下唇を噛んだ。「いったい誰がそんなことをしているのかしら」

「事故に遭った人々の中の誰か……じゃないかな」

「何のためにそんなことをするの？」

「わからない」

あたしはお手上げのポーズをした。わからないというのが、だんだん口癖になってきているようだ。

結局この問題は保留ということになった。保留のままの疑問が、どんどん増えていく。

しかしとにかく今日は、役者の坂上豊に会うことが先決だった。

あたしは芝居をあまり観ないので知らなかったが、冬子の話では坂上豊というのは舞台を中心に最近出てきた若手の役者らしい。

「中世ヨーロッパの衣装なんかを着せたら、なかなかのものらしいわ。歌も歌えるし、成長株だそうよ」

これが冬子の坂上豊評だった。

「去年の事故について聞きたいことがあるっていったの?」

とあたしは訊いた。

「そうよ。鬱陶しがられるかと思ったけれど、案外そうでもなかったわ。彼等はマスコミには弱いのよ」

「なるほどね」

あたしはまたまた感心して頷いた。

やがてタクシーは三階建ての平たい建物の前に停まり、あたしたちはその二階に直行した。階段を上がったところに、ソファを並べただけの簡単なロビーがあった。

「ここで待ってて」

そういって冬子は廊下を歩いていった。あたしはソファに腰を下ろしてまわりを見まわした。壁に何枚かのポスターが貼ってある。殆どが舞台の宣伝だったが、中には絵画展の広告もあった。劇団が使わない時は、レンタル・スペースとして活用しているのだろう。

ポスターの前には透明プラスチック製の小さな箱があって、パンフレットを入れてあった。『ご自由にお持ち帰りください』と書いてある。あたしは坂上豊が所属する劇団のものを一枚取ると、折り畳んでバッグにしまった。

間もなく、冬子が若い男を連れて戻ってきた。

「坂上さんよ」

冬子が紹介してくれた。

坂上豊は黒いタンクトップに、やはり黒のフィットネス・パンツを穿いていた。むきだしになった筋肉は太くて、いい色に日焼けしていた。だがマスクの方はやさ男を連想させる甘い顔だちをしている。

あたしたちは名刺を交換してから、向かい合ってソファに腰かけた。これまでに役者の名刺というものを見たことがなかったので、とても興味深かった。だが実際には、

『劇団――坂上豊』と印刷されているだけで別に変わったところはなかった。もっとも
あたしの名刺などは、ぶっきらぼうに名前を書いてあるだけのものなのだが。

「本名なんですか？」

とあたしは尋ねてみた。

「ええ」

彼の声はその見かけに較べてずいぶん小さかった。表情を見ると、気のせいか何とな
く緊張しているように思える。

あたしは冬子に目くばせしてから用件に入ることにした。

「じつは今日は、去年の海の事故についてお訊きしようと思って伺ったんです」

「らしいですね」

彼は手にしていたタオルで額のあたりをふいた。だが別にそこには汗は流れていない
ようだった。

「早速ですが、どういういきさつで例のクルージング・ツアーに参加されたのです
か？」

「いきさつ？」

彼は困ったような目をした。予期していない質問だったのかもしれない。

「参加された動機です」

「ああ……」

彼が上下の唇を舐めるのがわかった。「インストラクターの石倉さんから誘われたんです。僕はよくあそこを利用するので、石倉さんとは親しくさせていただいてますから」

そして彼はまたタオルで顔をぬぐった。しつこいようだが、汗など出ていない。

「ほかの方とはどうなんですか？　山森社長とかとは個人的なつきあいはないんですか？」

「たまに顔を合わせる程度で、つきあいがあるというほどでは……」

「じゃあ、去年のツアーで初めて口をきいた人が殆どだったのですね？」

「まあ、そうです」

坂上豊の声は、小さいだけでなく抑揚にも欠けていた。これをどう考えるべきなのか、にわかには判断がつかなかった。

「無人島まで泳がれたそうですね？」

「……ええ」

「皆さんその島に辿り着いたんですよね？」

「で、辿りつけなかった人がお亡くなりになったんでしたね。たしか竹本という人です」

「そうです」

あたしは彼の目を覗きこんでいった。だが彼は相変わらず顔にタオルを当てていて、表情を読めなかった。

「なぜその方だけが、波にのまれてしまったのでしょう?」

穏やかに訊いてみた。

「さあ、僕にはちょっと……」

彼は首を横に捻った。そして呟くようにいった。

「あの人、泳ぎが苦手だっていってたから、それもあったんじゃないかな」

「泳ぎが苦手? そういったんですか?」

あたしは驚いて訊き直した。

「いや……」

あたしの声があまりに大きかったせいか、彼は黒目を不安定に動かした。

「思い違いかもしれない。そういっていたような気がするだけです」

「……」

どうも変だ、とあたしは感じた。竹本正彦の話では、幸裕はかなり泳ぎには自信を持っていたということだった。だからそれを苦手だなどというわけがない。

ではなぜ坂上豊はこんなことをいったのだろう？

彼の顔色を見ていると、今自分がいった台詞について後悔しているようにも見える。

質問の方向を変えることにした。

「坂上さんは、亡くなった竹本さんとお付き合いはあったんですか？」

「いえ、それは……ないです」

「するとツアーで初めてお会いになったのですか？」

「はい」

「先程は坂上さん自身がツアーに参加されたいきさつをお訊きしましたが、竹本さんが参加されたのはどういう関係からなのですか？　たしか、会員でも従業員でもなかったようなのですが」

「いや、僕はそこまでは知らないので……」

「でもどなたとお知り合いだったかはわかるでしょう」

「………」

坂上豊は口を閉ざしたが、あたしも彼の口元をじっと見つめたまま何もいわなかった。

そうして何十秒かが過ぎ、やがて彼の口元は震えるように動いた。

「なぜ……僕に訊くんですか？」

「え？」

とあたしは漏らした。

「僕に訊く必要なんてないじゃないですか。そういうことは山森さんに訊けばいいことでしょう」

少しかすれ気味だったが、語気は強かった。

「あなたに訊いてはいけないんですか？」

「僕は……」

彼は何かいおうとして、その言葉を飲みこんだようだった。「何も知らない……」

「じゃあまた質問を変えますわ」

「その必要はないです」

そういって彼は立ち上がろうとした。

「もう時間です。僕は行って稽古をしなくちゃ」

「川津さんという人が一緒にツアーに参加したでしょう？」

かまわずにあたしはいった。彼はあたしと冬子の顔を交互に見た後、小さく頷いた。

「それから新里美由紀というカメラマンの女性もです。覚えておられますね？」

「その人たちがどうしたんですか？」

「殺されました」

彼の動作は、腰を中途半端に上げた状態で一瞬止まった。が、すぐにそのまま立つと、あたしたちを見下ろしていった。

「そのことと僕とどういう関係があるんですか？　だいたいあなたは、いったい何のためにこんなことを調べているんですか？」

「川津雅之は」

あたしは呼吸を整えてから続けた。「あたしの恋人でした」

「………」

「さらにいわせてもらえるなら、犯人はクルージング・ツアーに参加した人間を狙っています。だから次はあなたかもしれない」

長い沈黙。その間あたしと坂上豊はお互いの目を見つめあっていた。

目をそらしたのは彼の方だった。

「稽古がありますので」

そういって彼は歩いていった。その背中にもう一言何かいいたかったけれど、結局何もいわずに見送ることにした。

2

「なぜあんなことをいったの？」

帰りのタクシーの中で冬子があたしに訊いてきた。

「あんなことって？」

「犯人はツアーに参加した人間を狙っているって……」

「ああ」

あたしは苦笑し、ぺろりと舌を出して見せた。

「何となくいいたくなったのよ」

今度は冬子が笑みを浮かべた。

「じゃあ根拠はないのね？」

「理論的な根拠はね。でも、あたしは本当にそう信じているわ」

「直感？」

「――よりは、もう少し説得力があるかもしれない」

「聞きたいわね」

狭い車の中で冬子は脚を組みかえ、あたしの方に身体を寄せてきた。

「単純なことよ」

とあたしはいった。「今までの情報から考えると、こういうことになるわ。去年の事故の時、事故以外の何かが起きた。そしてその何かを隠そうとする人間がいる」

「それが何かはわかってないんでしょ？」

「残念ながらね。でも、それが盗まれた川津さんの資料の中に残されていたのは確実だと思う。その資料を手に入れようとした一人が新里美由紀。で、彼女は殺されたわ。つまり今度の事件では、秘密を知ろうとする側の人間ではなく、守ろうとする側の人間が狙われている可能性が強いということになるわ」

「そして秘密を守ろうとしているのは、ツアーに参加した人々……というわけ？」

「そういうことね」

あたしがいうと、冬子は唇をかたく閉じ、真正面を見たまま頷いた。そしてしばらく思慮深そうな眼差しを見せたあと、

「そうなると、これからの調査が難しくなるわね」

といった。

「だって、関係者は全員口を閉ざしてしまうわけだから」

「当然そうなるわね」

事実、今日の坂上豊にしてもあんな調子だった。

「どうするの？　あとは山森氏の身近な人間しかいないわけだけど」

「まともに当たってもだめね。断言はできないけれど、関係者が全員しめしあわせているのだとしたら、当然統括しているのは山森社長のはずだから」

「何か手はあるの？」

「そうねえ」

あたしは腕を組み、にやりと笑ってみた。

「ないこともないわ」

「どうする気？」

「簡単なことよ」

あたしは続けた。

「山森社長が何らかの指示を、ほぼ全員に与えているとしても、ある人物に限り、何も指示していない可能性が強いわ。その人物を狙うのよ」

3

次の日曜日、あたしは都内の某教会の前に来ていた。

教会は閑静な住宅街の中に建てられていて、外壁は薄茶色のレンガで造られていた。坂道に面して建ててあり、入口は二階に設けてある。そこまでは階段で上がるようになっているのだ。

そして一階は駐車場になっていた。坂道を走ってきた車が、何台かそこに入っていく。

あたしは坂道を挟んで教会と反対側にあるバス停のベンチで、バスを待っているような顔をして向かいのようすを窺っていた。正確には、駐車場に入っていく車を、だった。

山森由美——例の目の不自由な少女だ——に会って話を聞く、というふうに決めたまではいいが、それがかなり困難なことであることは間もなくわかった。彼女は毎日盲学校に通っているのだが、運転手が白いベンツで送り迎えをしているので、登下校時に声をかけるのは不可能なのだ。また、その学校の生徒からそれとなく聞きだしたところでは、学校以外に外に出るといえば、週に二度のバイオリン・レッスンの時と、日曜に教会に行く時だけらしい。もちろんどちらも運転手が送迎するに違いない。

あたしは教会内で彼女に近づくことにした。運転手は彼女を教会内まで導いたあと、車に戻るだろうと推理したのだ。

バス停のベンチに座って、あたしは白いベンツが来るのを待った。こういうふうにしていると、バス停というのは大変便利なものだと思う。女がひとり、ぼんやりと座っていても誰も妙には思わないからだ。変な顔をするのは、通り過ぎていくバスの運転手だけだ。

待ちに待った白のベンツが姿を見せたのは、そんなふうにして五、六台目のバスをやりすごした直後だった。

ベンツが吸いこまれるように教会の駐車場の中に入っていくのを確認すると、周りをざっと見渡し、人影がないことをたしかめてから、坂道を横切って教会の前に出た。

近くの建物の陰に隠れて待っていると、やがて女の子が二人、慎重な足取りで駐車場から歩いてきた。一人は由美、もう一人は同年齢ぐらいの女の子だった。おそらく由美の友達だろう。その友達が由美の手を引いて歩いてくるのだ。運転手の姿は見えない。

あたしは建物の陰から出ると、足早に彼女らに向かって歩いた。彼女らは最初は何も気づいていないようすだったが、やがて由美の友達の方があたしを見て怪訝そうに歩みを止めた。当然由美も足を止める。

「どうしたの？」

と由美は友達に問いかけた。

「こんにちは」

あたしは彼女らに声をかけた。

「こんにちは」

応えてくれたのは友達の方だった。由美は不安気に、焦点の定まらない目をせわしなく動かしている。

「山森由美さんね？」

あたしは彼女に見えないのを承知で笑いかけた。もちろん彼女の固い表情は、そんなことでは解かれなかった。

「悦《えつ》ちゃん、誰なの？」

由美は訊いた。悦ちゃん、というのが友達の名前らしい。

あたしは名刺を出して、悦ちゃんと呼ばれた友達に渡した。

「読んであげて」

彼女は一文字一文字を区切るようにして、あたしの名前を読みあげた。由美の表情に、ほんの少し変化が現われたようだ。

「この間スポーツセンターでお会いした……」

「ええ、そうよ」

覚えているとは期待していなかっただけに、あたしは張り切って答えた。由美は、思った以上に聡明な少女らしい。

あたしが由美の知っている人間とわかって、悦ちゃんも安心したようすだった。この機を逃さずにあたしはいった。

「ちょっとお話ししたいことがあるんだけれど、今少しいいかしら？」

「えっ、でも……」

「十分でいいのよ。ううん、五分でいいわ」

由美は口を閉ざした。彼女はどうやら友人にも気遣っているらしい。

あたしは悦ちゃんの方を向いた。

「話が終わったら、あたしが礼拝堂までお連れするわ」

「でも……」

しかし悦ちゃんはうつむき、口ごもった。

「いつも一緒にいてくれっていわれてるんですけど」

「あたしがついてるから大丈夫よ」

だが少女たちは二人とも黙ってしまった。どちらも決定権を持っていないから、黙るしかないのだ。

「人の命に関わることなの」

あたしは仕方なくいった。

「それが去年の海の事故に関係しているのよ。由美さんも、あの時に事故に遭った一人でしょ？」

「去年の……？」

彼女が息を飲むのがわかった。頬が少しずつ紅潮していく。そのうちに耳たぶまでが真っ赤になった。

「悦ちゃん」

彼女はちょっと上ずった声で友達を呼んだ。「行きましょ。遅れるわ」

「由美さん」

あたしは彼女の細い腕を摑んだ。

「離してください」

彼女の口調は厳しかったが、どこか辛そうな感じがした。

「あなたの協力が必要なのよ。あの事故の時、事故以外の何かがあったんでしょう？

それを教えてほしいのよ」

「あたし、何も知りません」

「知らないはずはないわ、あなたも一緒にいたんだから。もう一度いうけど、これは人の命に関わる問題なのよ」

「………」

「川津さんと、新里さんという人が殺されたの」

あたしは思いきって打ち明けることにした。由美の頰が、ぴくりと動いたようだ。

「この二人の名前は知っている?」

由美は唇を閉ざしたまま首をふった。

「忘れてるかもしれないわね。この二人は、去年あなたたちと一緒にクルーザーに乗って事故に遭った人なの」

えっ、というように彼女の口が開いた。だが声はあたしの耳には届かなかった。

「あの時の事故には何か秘密があって、それが原因で二人は殺されたのだと思うの。だからその秘密を知る必要があるのよ」

あたしは彼女の両肩を摑み、顔を覗きこんだ。彼女はあたしの顔は見えないはずだったが、その気配を感じたらしく、あたしから顔をそらせた。

「あたし……気を失ってたりしたから、よく覚えていないんです」

彼女の身体のように細い声だった。

「覚えていることだけでいいわ」

だが彼女は答えなかった。悲しそうに目尻を下げ、二、三度首を横にふっただけだ。

「由美さん」

「だめなんです」

彼女は後ずさりし、両手で宙を探るしぐさをした。悦ちゃんが彼女の手を取った。

「悦ちゃん、あたしを早く教会に連れていって」

由美はそういったが、悦ちゃんは困ったような顔で彼女とあたしの顔を見較べた。

「悦ちゃん、早く」

「うん」

悦ちゃんはあたしを気にしながらも、彼女の手を取ったまま慎重に階段を昇りだした。

「待って」

あたしは下から叫んだ。悦ちゃんの足が一瞬だけ止まりそうになった。

「止まらないで」

だがすぐに由美の声が続いた。悦ちゃんはもう一度だけあたしの方を見、それから小さく会釈して由美を階段の上まで導いていった。

あたしはもう声をかけなかった。

4

この夜冬子がやって来たので、昼間のことを報告した。

「そう、やっぱりだめだったの」

缶ビールのプルリングを引きあげながら、彼女はがっかりした表情を見せた。「予想に反して敵のガードは固いということね。山森氏は自分の娘にまで口止めを命じていたわけでしょ」

「うん、でもそれがそんな感じでもなかったの」

そういってあたしはスモーク・サーモンを一枚口にほうりこんだ。

「結果的にはきっぱりと断わられちゃったんだけど、彼女の表情には明らかに迷いの色があったわ。口止めされていたのなら、あんな顔はしないと思う」

「じゃあどういうことなの？　彼女が自分の意思で、口を閉ざすことに決めたということなの？」

「そうなるわね」

「わからないわね」

冬子はゆらゆらと首をふった。「その事故の時に起こった、事故以外の出来事というのは、いったいどういう性質のものなのかしら？　そんな目の不自由な女の子までが、秘密にしたがるような内容なのかな？」

「あたしの考えでは、彼女は身内を庇《かば》っているのだと思うわ」

「庇う？」

「そう。父親だとか、母親だとかをね、つまり、それをしゃべることが身内の不利になることだけはわかっているのよ」

「要するに」

冬子はビールを飲むために言葉を切り、また続けた。「彼女の身内は、何かよくないことをしてしまったわけね」

「彼女の身内だけじゃないわ」

あたしはいった。

「生き残った人間全員がよ。もちろん川津雅之も新里美由紀もよ」

この夜はなぜかなかなか寝つけなかった。

水割りを何杯か飲んでベッドにもぐりこむと、ようやくうとうとしかけたが、それでも時々目を覚ました。そして目を覚ます直前には、決まって嫌な夢を見ているのだった。

そんなふうにして何度目かの夢を見て目を覚ました時、あたしは何か妙な感じがした。うまくいえないけれど、強《し》いていうなら胸騒ぎのようなものだ。

ベッドの脇に置いてある目覚まし時計を見ると、午前三時を少しまわっていた。あたしは寝返りをうち、枕を抱くようにしてもう一度瞼を閉じた。

が、その時——。

コトッと何かの音がした。何かが軽く当たったような音だ。

また目を開けた。そして耳を澄ます。

枕を抱えたままの姿勢でしばらくそうしていたが、物音は聞こえてこなかった。だが気のせいかと思った次の瞬間、チリンという金属音が聞こえた。その音には覚えがあった。

リビング・ルームに吊るしてある風鈴の音だ。

なんだ風だったのか、とあたしは思った。そしてまた瞼を閉じかけたが、すぐに大きく見開いた。同時に、心臓も一度大きくバウンドした。

戸締まりの状態から考えて、風が入ってくる余地などないはずだったのだ。

誰かいる……？

恐怖があたしの心を支配した。枕を握る手に力が入り、腋の下に汗が湧いた。鼓動は跳ねたままだ。

またかすかな音がした。何の音かはわからない。金属音のようでもあり、もう少しくもっているようにも思えた。

度胸をすえよう、とあたしは決心した。

息を落ち着けたあと、すべるようにベッドから降りた。そして忍び足でドアに寄ると、決して音をたてぬよう慎重に二、三センチほど開いてみた。そこから外を覗き見る。リビングは真っ暗で、何も見えなかった。テレビの上に置いたビデオ・デッキのデジタル・ウォッチだけが、文字を緑色に発光させていた。

しばらくそうしていたが、人が動く気配はなかった。物音もしない。やがて目が慣れてきたが、室内に誰かが潜んでいるようすもなかった。例の風鈴も止まっている。あたしは思いきってもう少しドアを開けてみた。だがそれでも何の変化もなかった。見慣れた部屋がいつものように広がっているだけだ。

鼓動が少しおさまってきた。

あたしは周りに目を配りながらゆっくりと立ち上がると、壁に設けられた灯りのスイッチを手で探り、押した。途端に淡い光が部屋全体にいきわたった。

誰もいなかった。そして部屋に異常はなかった。眠る前に飲んでいた水割りのグラスも、あたしが置いた位置にある。

気のせいだったのだろうか？

この結果に安堵しながらも、あたしの胸騒ぎはおさまらなかった。神経質になり過ぎているのだろうかと思ったが、そんな言葉では解決できない何かがあたしの胸の中に澱《おり》のようによどんでいた。

疲れているのかな——自分を納得させるために、こんなふうに考えたりしてみた。

だが再び灯りを消して寝室に戻ろうとした瞬間、今度は全く異質な音があたしの耳を捉えた。

その音はもう一つの部屋——仕事場から聞こえていた。聞き慣れた音だ。電源の入っているワープロが発する音だ。

おかしい、とあたしは思った。

仕事が終わった後、あたしはたしかに電源を切ったはずなのだ。再びスイッチをいれた覚えはない。

おそるおそる仕事場のドアを開けてみた。当然ここも灯りは消えている。しかしその闇の中で、窓際に置いたワープロのブラウン管だけが、白い文字を煌々と浮かびあがらせていた。やはり電源が入ったままになっているのだ。

またあたしの中にもやもやしたものが蘇ってきた。鼓動も少しずつ早くなっているようだった。あたしはあたしの不安な気持ちを持てあましたまま、ゆっくりと仕事台に近づいていった。だがワープロのブラウン管に出された文字を見た瞬間、あたしの足は動かなくなった。

手を引かねば殺す

あたしはそれを見て大きく息を吸い、そしてたっぷり時間をかけて吐き出した。やはり侵入者がいた。その者は、あたしにメッセージを残すためにやってきたのだ。

手を引かねば殺す……か。

誰がこんなまわりくどいことをしたのか想像もつかなかった。だがその人間はあたしの行動を知っている。そして恐れている。つまり、手順は拙《つたな》いかもしれないが、あたしたちは間違いなく何かに近づきつつあるのだ。

あたしは窓のカーテンを開けた。部屋の中とは対照的に屋外は意外なほど明るかった。コンパスで描いたような月が雲の間にぽっかりと浮かんでいる。
今さら引けないわ――あたしは月に向かって呟いた。

5

教会で由美の話を聞きそこねた日から三日後、あたしはヤマモリ・スポーツプラザに出かけた。よく晴れた水曜日で、紫外線防止のファンデーションをいつもより厚めに塗って家を出た。

山森卓也は、もう一度会いたいというあたしの申し出を快く受けいれてくれた。用件も訊いてこなかった。自分はすべて知っているんだよ――そういうことなのかもしれない。

センターに着くとあたしは直接二階の事務所に行き、春村志津子さんに声をかけた。彼女は今日は白のブラウスを着ていた。

「社長に御用ですか？」

彼女が社内電話に手をかけたが、あたしは掌でそれを止めるしぐさをした。

「そうですけど、まだ少し時間があるんです。それでまたちょっとお願いしたいことがあるんですけど」

「何でしょうか？」

「最初にここへ来た時に、石倉さんというチーフ・インストラクターの方を紹介してくださったでしょう？　あの方にお会いできないかと思って」

「石倉さんに……」

彼女は少しの間、遠くを見る目つきをした。

「今すぐですか？」

「できれば」

「わかりました。ちょっとお待ちください」

志津子さんはまた受話器を取り、プッシュボタンを三つ押した。そして相手が出たことを確認すると、石倉を呼び出し、あたしの希望を伝えてくれた。

「今ちょうど手があいているそうです」

「ありがとう。アスレチック・ジムのフロアですね？」

「はい。あの、御案内しなくてよろしいですか？」

「大丈夫です」

あたしはもう一度彼女に礼をいって事務所を出た。

アスレチック・ジムのフロアに行くと、たしかに石倉は一人でベンチ・プレスをしていた。今日は客の姿も少ない。二、三人がランニングしたり、自転車こぎをしている程度だった。

丸太ん棒みたいな石倉の腕が、何十キロもありそうなバーベルを軽々と持ち上げるのを見ながら近づいていくと、彼も気づいてにやりと笑った。たぶんその笑顔に自信があるのだろうけれど、あたしは好きになれない。

「美人作家とお近づきになれて光栄ですよ」

したたり落ちる汗をスポーツ・タオルでぬぐいながら、彼はまずあたしが最も嫌いなタイプの軽口を叩いた。

「少しお訊きしたいことがあって」

「どうぞどうぞ、僕に出来ることならなんでも協力しますよ」

彼はどこからか椅子を二つ持ってきて、ついでに缶入りオレンジ・ジュースを二つ買ってきた。中年女性にモテるタイプだな、と前に感じたのと同じ印象を受けた。

「じつは去年の海での事故についてなんです。――あ、どうも」

彼が缶のプルリングを開けて寄越してくれたのだ。まずひとくちジュースを飲む。

「石倉さんも事故に遭ったお一人ですよね」

「そうです。あれはひどい目に遭いました。ひと夏分泳いだようなものですよ」

そして笑う。白い歯だ。

「亡くなった方はお一人でしたね」

「そう。男性でね、竹本さんとかいったな」

屈託ない調子でいうと、石倉は喉を鳴らしてジュースを流しこんだ。

「その方は逃げ遅れたんですか？」

「いや、波に飲まれたんですよ。北斎の絵に『神奈川沖浪裏』というのがあるでしょ？ あんな感じの波が、こう、どどっと襲ってきましてね」

彼は右手で波の格好を表わした。

「その方がいなくなったことに気づいたのは、いつ頃ですか？」

「ええと……」

石倉はうなだれるみたいにして首を曲げた。ポーズなのかどうかはわからない。

「無人島に到着してからですね。なにしろ、泳いでいる時は人のことを見る余裕なんてないですからね」

「無人島に着いてから、一人欠けていることに気づいたんですね？」

「助けに行こうということにはならなかったのですか？」

あたしの質問に対し、石倉が一瞬だけ口をつぐんだ。そしてやや重そうに会話を再開した。

「成功率がかなり低いことに目をつぶれば」

といったところで彼は言葉を切った。「彼を助けるために再び海に飛び込む勇気も出たかもしれませんね」

彼はジュースで喉を湿らせてから続けた。

「しかしその成功率は、あまりにも低く思えました。そして失敗すれば、自分の命も捨てることになる。我々にはその賭けはできなかった。もし誰かがやろうとしても、引きとめたでしょうね」

「なるほどね」

とあたしはいったが、完全に信じたわけではない。

「無人島ではどのようにしておられたのですか？」

質問を変えることにした。

「特に何もしていませんよ。ただひたすら待っていただけです。ひとりじゃなかったから、それほど心細くはなかったですね。必ず救助隊が来るだろうと信じていましたしね」

「そうですか」

これ以上はいくら話していても、新たな情報を得られそうにはなかった。

「ありがとうございました」

あたしは軽く頭を下げた。「トレーニングをなさってたんでしょう？　どうぞお続けになってください」

「トレーニング？」

と訊き直してから彼は頭を掻いた。

「ベンチ・プレスのことですか？　あれは退屈だから遊んでただけです」

「でもすごいなと思いました」

これは素直な感想だ。誰にでも取り柄はある。

石倉は嬉しそうに目尻を下げた。

「あなたのような人に褒めていただけると感激です。でも大したことはないんですよ。一度やってみますか？」

「あたしが？　まさか」

「是非体験していただきたいんですよ。さあここに横になってください」

あまり熱心に勧めてくるので、行きがかり上少しやってみることにした。今日はラフなパンツ・ルックだから、動きやすい。

ベンチに横になると、彼が上からバーベルを手渡してくれた。重さを調節してくれたらしく、バーの両端には薄っぺらい円盤が一枚ずつ付いているだけだ。

「どうですか？」

と彼が顔の上から訊いた。

「これなら結構やれそう」

実際二度三度と上げ下ろししたが、それほど負担ではなかった。

「もう少しだけ重くしましょうか」

そういうと石倉はどこかに消えてしまった。あたしは何度かバーベルを上下させてみた。テニス部にいた学生時代は多少体力に自信を持っていたのだが、最近はまともな運動をしていない。がんばって力を出すというのが、ずいぶん久しぶりな気がした。

この機会に、あたしもジムに通うかな――そんなことを考えたりした。

石倉が戻ってくる気配がした。

「石倉さん、もういいです。急にやると筋肉痛を起こしちゃいますから」

だが返事はなかった。どうしたのかなと思ってもう一度声をかけようとした時、ふいに目の前が白くなった。

濡れタオルを顔にかけられたのだとわかるまで、二、三秒かかった。そして再度声を出そうとした時、突然腕に重量感が襲ってきた。

誰かがバーベルを上から押えつけているのだ。あたしは必死で支えようとしたが、鉄棒が喉元に喰い込んでくる。声を出そうとしても、腕に全力を注いでいるために声にならないのだ。もちろん、足で何かする余裕もなかった。

腕が痺れ、鉄棒を握る感触が失せてきた。息も苦しくなってくる。

もう、だめ——。

そう思って力を抜きかけた時、すっとバーベルの重量が緩和された。喉元に迫っていた圧迫感も消えている。同時に、誰かが駆けていく足音が聞こえた。

あたしはバーベルを持ったまま、息を整えた。ぜーぜーと肺から喉にかけて音がするようだ。

そして次には、バーベルがふわりと浮く感覚があった。実際それはあたしの手から離れ、どこかに持っていかれたようだ。

痺れの残る腕を動かして、あたしは顔のタオルを取り除いた。目の前に現われたのは、いつか見た顔だった。

「やあ」

とにこやかな顔を見せたのは、山森卓也だった。

「かなりがんばっておられたみたいですね。でも無理は禁物ですよ」

彼の腕には、つい今しがたまであたしを苦しめていたバーベルがあった。

「山森……さん」

気がつくと、あたしはびっしょりと汗をかいていた。頭に血が上り、耳の先まで熱い。

「春村君に訊くと、こちらに来ておられるということでしたのでね、ちょっと覗きに来たんですよ」

「山森さん……あの、今ここに誰かいなかったですか？」

「誰かって？」

「わかりません、誰かいたと思うんですけど」

「さあ」

と彼は首を捻った。

「私が来た時には誰もいませんでしたよ」

「そうですか……」

あたしは喉を触ってみた。鉄棒を押しつけられる感触が生々しく残っている。誰かがあたしを殺そうとしたのだろうか？　まさか――。

そのうちに石倉が戻ってきた。両手にバーベル用の重りを下げている。

「どうかしたんですか？」

と石倉は呑気そうな声で訊いた。

「なんだ、お客さんを残してどこに行ってたんだ？」と山森。

「体力作りのお役に立ちたいと思ってね」

「あの……石倉さん、あたしはもう結構です」

あたしは掌を振った。

「もう充分わかりました。やっぱり大変です」

「えっ、そうですか。残念だなあ。御自分の能力を把握していただきたかったのに」

「把握できたから結構です。どうもありがとうございました」

「そうですか」

それでも彼は未練げに、バーベルを見ていた。

「じゃあ行きましょうか」

山森にいわれ、あたしは立ち上がった。つい足元がふらふらした。

6

事務所に行くと、山森夫人が社長室から出てくるところだった。

「何か用かい？」

山森氏が声をかけると、夫人はあたしたちに気づいたようすだった。

「ちょっと相談したいことがあったのよ。でも、お客さまみたいね」

彼女があたしの方を見たので会釈したが、何の反応も示してくれなかった。

「じゃあ少し時間を潰してくるといい。由美は一緒ではないんだね」

「今日はお茶会に行っています」

「そう。じゃあ一時間ぐらいあとで。——どうぞ」

山森氏がドアを開けてくれたので、あたしはもう一度夫人に会釈しながら入った。彼女の視線があたしの背中に向けられている気配がする。まるで刺すような視線だと思った。

社長室に入ると、山森はすぐにソファをすすめてくれた。そしてあたしが座るのとほぼ同時に、秘書の女性が部屋を出ていった。たぶん飲み物の用意だろう。

「あなたの小説を読ませていただきましたよ」

腰をおろすなり、彼はまずこういった。

「面白かったですよ。復讐ものというのは好きではないんですがね、犯人に妙な気負いのない点がよかった。理屈をいいながら復讐するという小説は嫌いでね」

あたしは何と答えていいのかわからず、「そうですか」と無意味な受け答えをした。

「ただ正直に申しあげると不満な点もありましたね。一番不満な点は、複雑な謎の部分を犯人の遺書で明かしている点ですね。私は、必要もないのに犯人が勝手に告白するというのには賛成できないんです」

「おっしゃる通りです」

とあたしはいった。「才能がないんです」

「そんなことはないですよ」

彼がお世辞をいったところで、秘書の女性がアイス・コーヒーを持って現われた。

あたしはストローを紙袋から取り出しながら、バーベルのことを考えていた。もちろんあたしの首に喰い込みかけた、例のバーベルのことだ。

誰かがあたしの顔に濡れタオルをかぶせ、バーベルを上から押さえつけた。

それはいったい誰だろう？

この山森氏だろうか？

冷静に考えてみると、犯人にあたしを殺す意思などなかったことは明白だ。あんなところで人が死んでいたりしたら、大騒ぎになってすぐに犯人などわかってしまうだろう。

つまり警告だ。

昨夜あたしの部屋に忍びこんだのと同じで、あたしに警告を与えているつもりなのだ。手を引け――と。

そしてその者は、間違いなくこのセンターにいる……。

「アイス・コーヒーがどうかしましたか？」

ふいに声をかけられて、はっとした。気がついたらコーヒーのグラスをぼんやりと見つめていたのだ。

「いいえ、おいしいコーヒーだと思って」

そういってからあたしは、自分がまだひとくちも飲んでいないことに気づいた。

「あなたの今日の御用件については、だいたい察しがついていますよ」

アイス・コーヒーをうまそうに飲んでから、彼はいった。

「一年前、いったい何が起きたのか、と訊きたいわけでしょう？」

「……」

「その質問をするためにいろいろな人に会っていますね。金井君や坂上さん、それからうちの娘にまで詰問しておられる」

「よく御存知ですね」

「まあ、身内みたいなものですからね」

身内、か。

「でも誰も本当のことをしゃべってはくれませんでしたわ」

山森氏は含み笑いを漏らした。

「なぜ本当ではないと断言できるのです？」

「だって」

とあたしは彼の整った顔を見返した。「本当じゃないんでしょ？」

彼は何か面白い話でも聞いたみたいに頰を緩めた。そしてソファにもたれたまま、煙草を一本くわえて火をつけた。

「なぜあの事故に拘わるのですか？　あなたにとっては何の関係もないし、我々にとっても過ぎ去ったことです。忘れるべきことではないが、ほじくりかえすことでもない」

「でもあの事件が原因で人が殺されたとあたしは確信しています。川津さんと新里さんです。そして川津さんはあたしの恋人でした」

彼は小さく首をふり、少し間をおいてから、

「困りましたね」

といった。そして深々と煙草を吸った。

「先日ここに刑事が来たんですよ」

「刑事が？　山森さんに会いにですか？」

「そうです。川津さんと新里さんの接点というのが、去年どこかの雑誌に掲載していた紀行文なんだそうですね。それでその仕事に関係した人間を当たっているらしい。その時に訊かれましたよ。何か心当たりはないか、とね」

「ない、とお答えになったのですね」

「当然です」

きっぱりとした口調で彼はいった。

「なぜなら、実際ないのですからね。あの時は事故に遭って、不幸にもひとりの犠牲者を出した——それだけです」

「信じられませんわ」

「信じてもらわなくては困ります」

低いが胃袋に響くような声で山森氏はいった。彼の顔は相変わらず笑みをたたえてい

たが、その目は全く笑っていなかった。

「信じてもらわなくては困るんですよ」

彼は繰り返した。「単なる海難事故です。それ以上でもそれ以下でもない」

あたしはこれには答えず、「お願いがあります」と努めて無感情な声を出した。

「お嬢さんにお会いしたいんです」

「由美に？」

彼は片方の眉を上げた。

「娘に何の御用ですか？」

「もう一度同じ質問をします。この間は逃げられちゃいましたけど」

「何度訊いても同じことですよ。時間の無駄だ」

「そうは思いません。とにかくお嬢さんに会わせてください。何もないとおっしゃるなら、別にかまわないんじゃないですか」

「困るんですよ」

山森氏の瞳は完全にあたしを拒否していた。

「娘はあの事故でとても大きなショックを受けました。早く忘れさせようというのが、我々夫婦の考えです。だいたいあの時由美は殆ど気を失っていて、何があったかなど覚えていないはずなんです。もし覚えていたとしても、何もなかった、ということを覚えているにすぎない」

「どうしても会わせていただけませんか？」

「こればかりは」

彼は突き放すようにいい、反応を確かめるようにあたしを見た。あたしが沈黙していることに彼は満足したようだった。

「おわかりいただけましたか？」

「しかたがないですね」

「結構」

「そのかわりに教えていただきたいことがあります」

どうぞ、というように彼は左の掌を出した。

「まず竹本幸裕さんのことです。あの方はどういう関係でツアーに参加されたんですか？　会員でも従業員でもなかったんでしょ？」

誰もが彼のことを知らないといっているのだ。こんなおかしな話はない。

「たしかに会員ではありませんでした」

何でもないことのように山森氏はいった。

「しかしビジター扱いで、よくお見えになっていたんですよ。特に屋内プールにはね。じつは私もあそこへはよく顔を出すものですから、いつの間にか顔馴染みになり、その関係でクルージング・ツアーにも誘ったというわけなんです。もっとも、それ以上のつきあいはありませんでしたが」

山森氏がかつて水泳選手だったという話を思いだした。同時に、竹本幸裕が泳ぎを得意としていたことも。

「じゃあ山森さんの紹介というわけですね」

「そういうことです」

あたしは一応頷いたが、完全に信じたわけではなかった。彼の話自体は筋が通っているかもしれないが、竹本幸裕と山森氏との関係を誰も知らなかったという点が引っ掛かるのだ。

「竹本さんのほかにもう一人部外者がいますね。古沢靖子さんという人です」

「ああ……そうでしたね」

「この方も山森さんの関係ですか？」

「ええ、そうです」

山森氏はやけに大きな声を出した。不自然な大きさだった。

「やはりプールの常連でした。でもあの事故以来会っていないですね」

「連絡もないんですか？」

「ありません。きっと懲りたんでしょう」

「古沢靖子さんが引っ越されたことは御存知ですか？」

「引っ越し？　いいえ。そうだったんですか」

彼は軽い咳払いをした。興味がないということを態度で示したつもりらしい。

「さて……と」

あたしの質問が途切れたのを見はからったように、彼は腕時計を見て立ち上がった。

「こんなところでいいですか。申し訳ないんですが、このあと予定があるので」

しかたなく、あたしもあわてて腰を上げた。

「いろいろとありがとうございました」

「まあがんばってください。ただし」

彼はあたしの目を覗きこんでいった。「やりすぎないことです。どんなことでも、引き際というのが大切ですからね」

明るい口調でいったつもりかもしれないが、あたしの耳にはひどく暗く聞こえた。

部屋を出るところまで、秘書の女性が見送ってくれた。この女性の名前はたしか村山則子といったはずだ。やはり去年のツアーに参加している。

「あなたからも一度お話を伺いたいと思うんだけど」

別れ際にいってみた。だが彼女は微笑んだまま、ゆっくりとかぶりをふった。

「余計なことをしゃべらないのが秘書の務めですから」

奇麗な声だった。舞台に立てそうなくらい口調もはっきりしている。

「どうしてもだめ？」

「ええ」

「残念ね」

彼女はまた微笑んだ。

「先生の御本、読ませていただきました。とても面白かったですわ」

先生というのはあたしのことらしい。少し面食らう。

「そう、ありがとう」

「これからも、どんどん面白い本を書いていってください」

「がんばります」

「そのためにも、余計なことに深入りしないほうがいいと思います」

「………」

――え？

あたしが彼女の顔を見直すと、彼女はやはり美しい笑顔を見せてくれた。

「では失礼いたします」

そして彼女は去っていった。あたしは呆然とした気持ちで、彼女の格好のいい後ろ姿を見送っていた。

7

この夜あたしは久しぶりに冬子のマンションに行った。冬子の実家は横須賀にあるが、彼女は池袋に部屋を借りている。

「狙われたって？」

テーブルの上にピザ・パイを置きながら、冬子は驚きの声をあげた。ベンチ・プレスの話をしてみたのだ。

「狙われたっていっても本気ではないと思うわ。たぶん警告ね」

爪を切り、その先をヤスリで削りながらあたしはいった。

「警告って？」

「つまり、これ以上首を突っ込むなってことよ。じつをいうとね、昨晩もそういう警告を受けたの」

「昨晩？　何かあったの？」

あたしは例のワープロのことを話した。冬子は何か恐ろしいものでも見るような顔つきになって、首を一度だけ横にふった。

「誰がそんなことを……」

「だいたい察しはついているわ」

あたしはピザ・パイにタバスコをひとふりし、手づかみで頬ばった。コンビニエンス・ストアの冷凍物だけど、結構いける。

「事故の関係者よ。彼等は皆、あの日のことには触れられたがらないの。彼等にとってあたしは、どうやらうるさい蝿みたいなものらしいわ」

「なぜそうまでして隠したいのかが疑問ね」

冬子もピザに手を伸ばした。あたしは水割りのおかわりを作る。

「おおよその推理は立っているの。たぶん竹本氏の死に関係があるんだと思う」

「その推理、聞かせてよ」

「まだ話せる段階じゃないわ。やっぱり直接証言を得ないことには」

「でも彼等は口をつぐんでいるんでしょ？」

「ずるがしこい大人には何を訊いても無駄ね。やっぱり純粋な心に訴えるしかないわ」

「ということは……また由美さんに当たるつもり？」

あたしは頷いた。

「ただ、彼女の心を開かせるための手材料が必要ね。今のままだと、何度当たってもだめだと思うわ。彼女はたぶん、なかなか意志の強い女の子よ」

「手材料か……」

難しいわね、といって冬子がふたきれ目のピザに手を伸ばしかけた時、電話が鳴り出した。電話はあたしのすぐ横にあった。

「仕事の電話よ、きっと」

そんなことをいいながらあたしが受話器を上げた。

「はい、萩尾ですが」

「もしもし、坂上といいますが」

「坂上さん……坂上豊さんですか？」

あたしの声に、冬子は口に運びかけていたピザを皿に戻した。

「そうです。あの、萩尾さんですか？」

「いえ、あたしは先日萩尾と一緒にお伺いした者ですけど」

「ああ、推理作家の……」

「ちょっと待ってくださいね」

あたしは送話口を手でふさいで冬子に受話器を渡した。

「はい、萩尾ですけど」

冬子はやや固い声で応対した。

「はい……え？　話ですか？　それはどういう……はい……そうですか」

今度は彼女が送話口をふさいであたしを見た。

「重大な話があるってことだわ。会う約束をするけど、いつでもいいわね？」

「いいわ」

すると冬子は受話器に向かって、「いつでも結構です」といった。

重大な話……か――。

何のことだろう、とあたしは思った。前回彼に会った時、極めて歯切れの悪い受け答えしかしてくれなかった。あの時の質問に答えてくれるというのだろうか。

「はい、わかりました。では明日お待ちしています」

そういって冬子は電話を切った。心なしか彼女の頰は紅潮しているように見える。

「待ち合わせ場所と時間は決まったの？」

とあたしは訊いた。

「スケジュールの確認があるから、明日の夜もう一度電話をもらえるらしいわ」

「そう」

できれば今すぐにでも会いたいところだった。

「重大な話って何かしら？」

あたしの問いかけに冬子も首を捻った。

「会ってからということだったわ。もしかしたら例の海難事故のことかもしれないわね」

その可能性は強いと思った。彼があたしたちに用があるといえば、それぐらいしか思いつかない。

「もしそうだとして、どうして話す気になったのかしら？　前はあんなに拒絶していたくせに」

「さあ」

冬子は肩をすくめてから、「良心の呵責《かしやく》を感じたんじゃないの？」といった。

「かもね」

あたしは冷めかけたピザをかじり、水割りを飲んだ。なんだか少しわくわくしていた。だけど本当はピザなんか食べている場合ではなかったのだ。

翌日あたしたちは、そのことを思いしることになる。


問題の翌日の夕方、あたしは某出版社に行って久保《くぼ》という編集者に会った。相馬幸彦というライター――竹本幸裕のことだ――について片っぱしから問い合わせたところ、心当たりがあるといってくれたのが久保なのだ。久保はつい最近まで雑誌を作っていた男で、今は文芸書を担当している。

簡単なテーブルを並べただけのロビーで、あたしたちは向かい合った。ロビーには、ほかに誰もいなかった。隅の方にテレビが置いてあり、アニメの再放送番組を流しているだけだ。

「なかなか面白い男でしたよ、相馬幸彦は」

額に流れる汗を拭きながら久保はいった。腹にかなりの脂肪がついているだけに、いかにも暑そうに見える。

「ひとりでふらりと外国に行ったりしてね、働きながら取材するというタイプでしたよ。バイタリティは抜群だったな」

「でも売れなかったんですね」

「そう。こっちの方の才能はもう一つだった」

久保はペンを動かす真似をした。

「少しはハッタリをきかせればいいんですがね、そういう融通性はなかった。何度か原稿を持ちこんでくるんですが、そういうわけでどうも中身が退屈なんですよ」

「最近では、いつお会いになりました？」

「ええと……もうかなり会ってないな。二年ってところかな。今、どうしているんだろうな」

「……御存知ないんですか？」

あたしが驚いて訊くと、彼は何が？　という顔をしてこちらを見た。

「お亡くなりになったんですよ。去年、海難事故に遭われて」

「ほう……」

久保は丸い目をさらに開き、また激しく汗を拭いた。「そうだったんですか。全然知らなかったな」

「じつはその事故について取材しているので、相馬さんについてお訊きしたんです」

あたしが説明すると、

「なるほど、その事故をモデルに、また一本書こうってわけですか」

と彼は適当に納得したようだった。

質問に戻ることにした。

「ところで、相馬さんの私生活について御存知ないですか？」

「私生活？」

「率直にいって女性関係です。つきあっていた女性はいたんですか？」

「さあ、どうだったかなあ」

久保は愛敬のある目をやや細め、眉間に皺を寄せた。

「独り者でしたからね、結構あちこちの女に手を出してたという話は聞きました。だけど特定の女性となるとどうなのかなあ……」

「そんなにいろいろな女性とつきあっておられたのですか？」

「手は早かったですね」

と久保は少し表情を和ませた。

「抱きたい時に抱くんじゃなく、抱ける時に抱いておくんだ、みたいなことをいってましたからね。あれも外国生活から得た処世術のひとつだったのかもしれない」

抱ける時に……か。

「とにかくまあ、そういう意味でも個性の強い男でしたよ。そうですか、死んだんですか。それは知らなかったなあ。海でねえ……わからないものだなあ」

彼は何度も首を傾げたが、あまりにも意外そうだったので少し気になった。

「信じられないみたいですね」

あたしがいうと、彼は間髪を容れずに、

「とても信じられないですよ」

といった。「彼は各国でカヌーだとかヨットだとかに挑戦して、命にかかわるような事態に何度も直面したんです。それでもいつも何とかしていました。それだけに、日本近海の海難事故で死ぬなんて、とても信じられない」

信じられない、というところを、彼はやけに大きな声でいった。

久保のこの話から思いだしたのは、竹本幸裕の弟正彦の話だった。彼もたしか同じようなことをいっていた。兄が海難事故で死ぬなんて考えられない、と。

久保や正彦のいうことに妥当性があるのか、事故とはやはりそういうものなのか、あたしには判断がつかなかった。

このあとあまり意味のない雑談を十五分ほどしてから、あたしは腰を浮かした。

「今日はどうもすみませんでした」

「いいえ。仕事の方、がんばってください」

あたしたちは並んでロビーを出ようとしたが、途中で久保は立ち止まった。

「テレビを消していきます」

彼はテレビの前まで歩いていって、スイッチを切ろうとした。だが次の瞬間あたしは、

「待って」

と叫んでいた。テレビの画面に、見覚えのある顔がアップになっていたからだ。

その表情が乏しくそのどこか胡散臭い、やさ男風の顔写真の下には、『坂上豊さん』と出ていた。そして同時にその番組が、ニュース番組であることに気づいた。

「……署では、殺人事件とみて捜査を開始しました――」

そんなばかな。

あたしは久保が驚いているのも気にとめず、テレビのチャンネルを変えた。他の番組が、ちょうどこの事件を報じるところだった。

「今日昼過ぎ、劇団――の稽古場の裏で、若い男の人が血を流して死んでいるのを劇団員の人が見つけ、警察に連絡しました。調べた結果、死んでいたのは劇団員のひとり、神奈川県川崎市在住の坂上豊さん二十四歳とわかりました。坂上さんは頭を後ろからハンマーのようなもので殴られており、財布などがなくなっていることから、他殺の疑い

が強いとみられています……」

あたしは足が動かず、そのままテレビの前に立ちつくしていた。

モノローグ　3

私が彼等を許せないのは、単に私の大事なものを奪ったからだけではない。彼等の行為が手前勝手な価値観によって成されたものであり、したがって彼等が何ひとつ恥じていない点に激しい憤りを覚えるのだ。

彼等は自分たちの行為を当然だとさえ思っている。人間ならば当然だと。

人間ならば？

とんでもない。

彼等が行なったことは、最も人間的なものを否定することに等しいのだ。

私は彼等に懺悔《ざんげ》を求めない。私は彼等には何も求めない。彼等には、何かを求められる価値すらないのだ。

たとえ彼等が反攻してきても、私は何も恐れない。エースもジョーカーも、すべてこちらの手の内にあるのだから。

第五章　目の不自由な少女の話

1

　マンションに帰り、シャワーを浴びると少し気持ちが落ち着いた。バスローブを羽織《はお》るとテレビのスイッチを入れる。しかし時間帯が悪いらしく、どこもニュースを流していなかった。

　冷蔵庫から缶ビールを出し、ひとくち飲んでからため息をつく。疲れがどっと出て、全身を覆いつくすような気がした。

　やれやれ、とあたしは口の中で呟いた。まさか彼まで殺されるとは——。

　警察が調べるまでもない。坂上豊は殺されたのだ。川津雅之、新里美由紀に続いて、三番目の犠牲者になったというわけだ。

この三人の共通点というと、去年の海難事故に遭遇したことだ。それ以外には何も考えられない。

犯人の狙いはいったいどこにあるのか？　事故の関係者を皆殺しにすることを最終目的にしているのだろうか？

あたしはこのまま次々に犠牲者が出た場合のことを想定してみた。警察も、そしてあたしたちもまるで犯人にたどり着けず、それをあざ笑うかのように殺人が続けられた場合のことだ。

二つの結果が考えられる、とあたしは思った。

一つは、全員死んでしまうという結果だ。アガサ・クリスティではないが、誰もいなくなってしまうわけだ。

もう一つは、誰か一人を残して皆が殺されるという結果だ。この場合、最後に残った一人が犯人と考えるのが妥当だろう。

ここでまた、ある名前があたしの脳裏に浮かんだ。

古沢靖子だ。

はたして彼女は生きているのか、それとも死んでいるのか？　それによって推理の方向が全く変わってくるのだが、彼女の足取りはつかめない。

それにしても、とあたしは思う。坂上豊はいったい何をあたしたちに伝えようとしていたのだろう。初めて会った時、彼はあたしたちを拒絶しながらも、どこか辛そうだった。打ち明けたいことがあるのだが、それを必死でこらえているという感じだった。

ふと思いだして、あたしはバッグを引き寄せた。中を探ってみると、記憶通り彼の劇団のパンフレットが入っていた。

そこに紹介されているのは、今度彼等が上演することになっていた現代劇だった。坂上豊の名前もある。その坂上の役柄を見て、あたしはビールにむせそうになった。

老人のふりをして老人ホームに入りこむ貧乏学生――とあるのだ。

老人のふり？

あたしの脳裏に浮かんだのは、川津雅之の荷物が宅配便で送られてきた時に、陰からじっと見ていた老人の姿だ。配達の男性は老人の顔をはっきりとは見なかったといっていたし、あたしもちらっと見ただけだ。もしかしたら、あの老人は坂上豊が変装したものではなかったか？

もしそうだとすれば、彼もやはり川津雅之の資料があたしのところに送られてくることを知っていて、それを見張っていたのだろうか？　そしてチャンスがあれば、盗みだそうとしていたのではないか。

間違いない、とあたしは思った。去年の事故には何か秘密があり、それを皆が隠そうとしているのだ。

二つ目の缶ビールに取りかかった時、電話のベルが鳴った。誰がかけてきたのかは察しがつく。

「ニュースを見た？」

いきなり冬子の声だ。気落ちしているようすが手にとるようにわかる。

「先を越されたわね」

とあたしはいった。「もう少しで彼から事情を聞き出せるところだったのに。犯人はそれを知って、彼を殺したのかしら？」

「そんなはずはないと思うけれど……」

「とにかくこちらが後手に回っているのはたしかなようよ」

「……もっと早く会う約束をすべきだったわ」

「冬子が責任を感じることはないわよ。それよりもちょっとした情報があるの」

あたしは先日の老人が坂上豊の変装らしいことをいった。さすがに冬子も驚いたようすで、

「敵の目はすでに光っていたということね」

とあきれたようにいった。

「とにかくこうなった以上は、一刻も早く事故の秘密を聞きださなきゃいけないわ。そろそろ警察だって三人の共通点に気づくかもしれないし」

「でも誰から聞くの？」

と冬子は訊いた。

「前にもいったように、ひとりしかいないわ。山森由美に当たるのよ」

「でも彼女の口を開かせる手材料がないでしょ」

堂々めぐりだ。

「覚悟は決めてるのよ」

あたしは一度深呼吸してからいった。

「ちょっと強引な方法を取ろう」

2

坂上豊が殺された事件から三日後の夜、あたしと冬子は車の中にいた。

「思いきったことを考えついたものね」

ハンドルに右手を乗せた格好で冬子はいった。いいながらも彼女の目は前方に注がれている。あたしたちの車が駐車している道を数十メートル行ったところに白い洋館ふうの家があるのだが、彼女はその家の前を注視しているのだ。山森由美を乗せたベンツが、一時間ほど前にそこの駐車場に入っていったのだった。

「責任はあたしがとるわ。心配しないで」

彼女の横顔にいった。

「別に心配はしてないわ。あたしたちがやったことだとわかったら、山森氏も警察には連絡しないだろうから。心配しているといえば、この車のことね。傷つけやしないかと、さっきからビクビクしてるのよ」

そういって冬子はハンドルを叩いた。この車——白のベンツは、彼女が馴染みの作家から借りてきたものなのだった。

少々強引な方法を使ってでも山森由美に体当たりし、なんとか事情を聞き出そうと決めたまではよかったが、恐れていた通り山森由美に会うのは容易ではなかった。

盲学校には例の白いベンツの送り迎えがつくし、週に二度のバイオリン・レッスンにおいても、教師自らが駐車場のベンツまで出迎え、終わったら送るという徹底ぶりなのだ。

決まった外出というのは、そのほかには全くない。教会にしても、あたしが彼女に迫った日以来足を向けていないという話だった。

そこで冬子といろいろ相談した末、結局バイオリン・レッスンの時を狙うということになった。とはいっても、理由は特にない。強いてあげれば、バイオリン教師の家が人通りの少ない山の手にあるということと、夜の闇が少しは味方をしてくれるかもしれないという淡い期待からだった。


間もなくベンツに取り付けられた時計が八時四十分を示した。

それを見てあたしは、右側のドアから外に出た。そして山森由美がバイオリンの練習をしているはずの家に向かって、足早に歩いた。

洋館ふうの家は、それに似合った洋館ふうのレンガ塀で囲ってあり、その横に車二台を停めるための駐車場があった。今そこに停まっているのは、白のベンツだけだった。

運転席を覗きこむと、体格のいい運転手がシートを倒して居眠りをしていた。

あたしは運転席側に回り、窓ガラスをコンコンと叩いた。彼の方からだと逆光で、あたしの顔は見えないはずだった。

運転手は緩慢に薄目を開け、それからあわてて跳ね起きてパワーウインドを開いた。

「あのう、申し訳ないんですけど、少しの間だけ車を移動させていただけませんか？」

あたしは本当に申し訳なさそうな声を出した。

運転手はあたしのことを何者かと考えていたようだが、それは訊いてこずに、

「何か不都合でもあるんですか？」

と不思議そうな顔をした。

「じつはもうすぐ荷物を積んだトラックがくるんです」

とあたしはいった。

「それで荷物をこちらから運び入れたいものですから」

実際に駐車場の後方には、そのためのものと思える通用口が設けてあるのだ。

運転手は振り返ってその通用口を見ると、

「なるほど」

と納得したように頷いた。「じゃあ、この車はどこに停めておけばいいですか？」

「この先に喫茶店があります」

あたしは道の先を指差した。

「そこの駐車場に停めて、ひと休みなさっててください。由美さんのレッスンが終わり

ましたら、お呼びいたしますから」

そしてあたしは千円札を差し出した。運転手は、いやこれは申し訳ないな、とかいいながらそれを受け取り、勢いよくエンジンを回した。

白いベンツが喫茶店に向かって走り去るのを確認すると、あたしはそれとは逆の方向を向き、両手で大きく輪を作った。今聞いたのと同じようなエンジン音が遠くで聞こえ、続いて二つのヘッドライトが点灯した。そしてゆっくりと車は近づいてきた。

あたしたちの白いベンツが、あたしの前で停止した。

「うまくいったみたいね」

と冬子がいった。

「勝負はこれからよ。もうすぐレッスンが終わるわ」

「エンジンはかけたままでいいの？」

「いいわ」

冬子はエンジンをそのままにして降りてきた。さらに車の後部ドアを開けておく。それだけのことをすると、あたしたちは駐車場に隠れた。

耳をすませてみると、かすかにバイオリンを奏でる音が聞こえてきた。おそらく由美が弾いているのだろう。力強く、それでいて滑らかな音色だった。あるいは彼女の隠された内面を表現しているのかもしれない。

思いがけない贅沢な時間が過ぎ、やがてバイオリンの音は聞こえなくなった。あたしたちは駐車場から表のようすを窺った。

玄関のドアが開く音がし、話し声が聞こえた。あたしたちは頷き合うと、ゆっくりと出ていった。

「あら、中山《なかやま》さんが見えないわ。どこに行かれたのかしら？」

由美の手を引いていた大柄な女性が、あたりを見回しながらいっている。この女性がバイオリンの教師で、中山というのはおそらく運転手の名前だろう。彼女はあたしたちの方にも目を向けたが、何の興味も示さなかった。たぶんただの通行人だと思っているのだろう。

大柄な女性は、由美をあたしたちの車の後部座席に乗せ、ドアをばたんと閉めた。そして何かしゃべりながら、もう一度目線を周りに向けた。目の前の白いベンツに関しては、何の疑問も抱いていないようだ。

「いくわよ」

とあたしはいった。

「いいわ」

と冬子もいった。

あたしたちは大股で、真っすぐに車に近づいていった。バイオリン教師は最初は怪訝《けげん》そうな目を向けていたが、そのうちにまごついたような顔をつくりはじめた。だが決定的に彼女の表情が変わったのは、冬子が平然とした態度で運転席に乗りこんだ時だった。バイオリン教師は頬を強ばらせ、口を大きく開いた。だがこういう局面でどういう台詞をいえばいいのかは、わからなかったようだ。

「こういう者です」

出来るだけ落ち着いた声を心掛け、あたしは名刺を彼女の前に差し出した。彼女は口を開けたままそれを受け取った。予想外の事態が起こった時の人間の反応というのは、本当に面白いものだ。

「山森さんに、お嬢さんは間違いなくお送りするとお伝えください」

そういうや否や、あたしも後部座席に乗りこんだ。先に乗っていた由美は、何が起こったのか把握できていないようすだった。

「あ、あの……ちょっと」

「よろしくお伝えください」

まだあたしの名刺を持ったまま呆然としているバイオリン教師を残して、あたしたちの白いベンツは発進した。

発進して間もなく由美は、隣りに座っているのが、先日教会の前で話しかけてきた女流推理作家であることに気づいた。コロンの匂いでわかったのだそうだ。

「こういうやり方は気がすすまなかったんだけど」

といってあたしはあやまった。由美は何とも答えなかった。

冬子が車を停めたのは、山森家から一キロと離れていないところにある公園のそばだった。ブランコと動物を形どったコンクリートの塊を置いてあるだけの、簡単な公園だ。あまりにも簡単なせいか、若いカップルの姿もない。

「この前の話の続きを聞きたいのよ」

とあたしはいった。

「聞かせてくれるわね？」

彼女は黙ってバイオリン・ケースを撫でていた。そうすることによって心を落ち着けているのかもしれない。

「パパが」

沈黙の時間が少し流れて、彼女はようやく唇を開いた。「いい加減なことはしゃべっちゃいけないって……。あの時あたしは気を失ったりしてたから、正確なことを覚えてるはずがないって」

彼女の声は少し震えていた。

「でもあなたとしては正確に覚えてる自信があるんでしょう?」

また沈黙。

「ないの?」

彼女は首をふった。

「わからないんです。パパは夢と現実がごっちゃになってるんだっていうし……」

「由美ちゃん」

あたしは少女の手を取った。びっくりするぐらい細い手首だった。力を入れすぎたらポキリと折れそうだ。

「前にもいったでしょ。人がどんどん殺される可能性があるのよ。それを救う方法は一つしかないわ。先に犯人をつきとめるのよ。それにはあなたの記憶が必要なの。たとえ夢と現実の混ぜ御飯みたいな記憶だってかまわないわ。その中にヒントが隠されているはずだもの」

あたしは由美の顔を見た。冬子もルームミラーを通して凝視しているようだった。狭い車の中が、さらに狭くなったような息苦しさが続いた。

「坂上さんを知ってるわね？」

由美が首を傾げたので、補足することにした。

「坂上豊さんよ。役者で、去年あなたたちと一緒に海に行った一人だわ」

彼女の可愛い唇が少し動いた。それを見ながらあたしはいった。

「彼も殺されたわ」

ぴくり、と彼女の唇がまた動く。そしてあたしを見た。

「嘘でしょ？」

「本当よ。テレビのニュースでも報道されたわ」

いいながらあたしは、彼女にテレビの話をすることが無意味であることに思い当たっていた。新聞も同様だ。おそらく山森家では、新聞を誰かが読んで聞かせることで、社会のことを彼女に教えているのではないだろうか。もしそうだとすると、坂上豊が死んだことなどは、故意に隠すかもしれない。

「知らないかもしれないけれど本当なの。坂上さんは殺されたわ。犯人は去年の海難事故の関係者を、次々に殺しているのよ」

はっきりした恐れの色が、少女の目元に浮かんだ。迷っているのだ、とあたしは見抜いた。由美の心は揺れている。

「あなたのパパも狙われるかもしれないわ」

わざと抑揚のない声でいってみた。彼女が大きく息を吸うのがわかる。

「パパも……？」

「ママもよ」

今まで黙っていた冬子が運転席からいった。極めて効果的な一言だった。由美の身体が一瞬びくりと震えたほどだ。

「ええ、そうよ」

あたしはいった。

「ママも狙われるかもしれないわ。それから由美ちゃん――あなたもね」

由美は深く首をうなだれ、数秒間ほどそのままの姿勢を保っていた。そして顔を上げると深呼吸をひとつして、あたしの方を向いた。

「あの……ここであたしがお話ししたら……なんとかしてくれるんですか？」

あたしはルームミラーの中の冬子と目を合わせた。鏡の中の彼女は小さく頷いた。

「なんとかするわ」

とあたしはいった。「とにかく出来るだけのことはするわ」

由美は顔を伏せた。そして小さな声でいった。

「誰にも秘密にしてくださいね」

「約束するわ」

あたしは頷いた。

3

嘘みたいに足元がなくなった——。

事故の瞬間のようすを、目の不自由な少女はこのように表現した。視覚によって状況を把握できない彼女は、身体のバランスの崩れ具合によって船の状態を判断するしかなかったということだ。

足元がなくなったのとほぼ同時に水が襲ってきた、と彼女はいった。自分が海に落ちたのか、船の中に水が浸入してきたのか、そのへんははっきりしないということだった。

「それまでに一度も海に落ちたことがなかったから」

と彼女はいった。

とにかく全身が水に浸ったということだろう。

恐怖の中でもがいていると、彼女は間もなく誰かに抱きかかえられた。大丈夫、パパだよ、という声がした。彼女は無我夢中で父親にしがみついた――。

「そのあとも何が何だかわかりません。じっとしてろってパパにいわれたから、とにかくパパの腕を摑んだまま身を任せてたんです。あたしの身体は後ろ向きに流されているようでした。たぶんパパがそういうふうに泳いだんですね」

人命救助する時にはそんなふうに泳ぐのかもしれないと、あたしは彼女の話を聞きながら考えていた。

島に着くまでどれぐらいかかったかは、さすがに彼女には見当もつかないようだった。恐ろしく長い時間ではあったが、それが本当に長かったのかどうかは自信がないと彼女はいった。その時に限らず、時間の経過に関しては、日頃からあまり意識しないということだ。まあ、そうかもしれない。

「島に近づいて足が下にとどいた時、すごく安心して、力が抜けてしまいました」

彼女の言葉にあたしは心から頷いた。前の座席では冬子も頷いている。

島に到達して間もなく由美は気を失ったそうだ。極度の緊張状態から一気に解放されたせいだろう。それに体力も相当消耗していたはずだ。

「気がついた時、人の話し声がしていました。一緒に船に乗っていた人たちだとすぐにわかりました。あの人たちも助かったのだなと、あたしもほっとしたんですけど……」

そして彼女は口ごもった。勢いをつけて飛び越えようとしたのに、やっぱり足がすくんでしまったというような口ごもり方だった。そのせいか彼女は、自己嫌悪に陥ったみたいに顔をしかめた。

「女の人が叫んでたんです」

大きく息を吸ったあとで彼女はいった。「大きな声で……喉がかれそうなくらい」

「何といって叫んでたの？」

とあたしは訊いた。

「お願いですから」

由美はいった。その語気がやけに強く、冬子も身体をねじってこちらに顔を向けた。

「助けてください……。女の人はそう叫んでいたんです」

あたしは合点して頷いた。

「お願いですから助けてください——こういったのね？」

「はい……」

ふうん、とあたしはいってみた。

「で、誰を助けてくれっていってたの？　だってその女の人はすでに助かっているわけでしょう？」

「彼を……」

といって彼女は言葉を切った。「彼を助けてくださいって、その女の人はいっていました」

「彼を……か」

「その女の人が誰だったかは覚えていないの？」

冬子が由美に尋ねた。

「あの時の女性といえばあなたのほかに四人いたわね。あなたのママと秘書の村山さん、それからカメラマンの新里美由紀さんと古沢靖子さんという人だったわね。誰だったかはわからない？」

「わかりません」

と由美は首を振った。

「でも恋人同士みたいなカップルがいたから、その女の人の方だと思います。名前は知らないんですけど」

恋人同士――？

もしそうなら、新里美由紀や村山則子は考えられない。もちろん山森夫人であるはずもない。

「つまりその女の人は、恋人を助けてくれって誰かに頼んでいたのね？」

あたしは確認した。

「そうだと思います」

「その時そこには誰がいたの？」

すると由美は苦痛そうに顔を歪めた。

「パパと、それから何人かいたようですけど、よくわからなかったんです。みんな声が小さかったし、あたしも気がはっきりしていなかったから……ごめんなさい」

あやまらなくてもいいわよ、とあたしはいった。

「それで、そこにいた人はどうしたの？　その女の人の恋人を助けにいったの？」

平然とした口調を心がけたけど、つい声に力がこもった。

彼女は小さくかぶりを振った。

「無理だよって誰かがいったようでした。女の人はそれでも泣いて頼んでおられたようです。あたし、パパがなんとかしてあげればいいのにって思ってたんだけど、そのうちにまた気を失ったみたいで、あとのことはよく覚えていないんです。思い出そうとしても頭が痛くなるだけだし、パパがいうように、夢と現実がごっちゃになっているような気もするし……。それで誰にもいわなかったんです」

しゃべり終えたあと、彼女はバイオリンのケースを抱きしめた。そして何かにおびえるように、シートの端に身を寄せた。

「それが無人島で体験したことなのね？」

あたしが訊くと、彼女はゼンマイ仕掛けの人形のようにコックリと首を折った。あたしは彼女の細い肩に掌を置き、「ありがとう」といった。

由美は顔をこちらに向け、ためらいがちに唇を動かした。

「パパを守っていただけますか？」

あたしは掌に力をこめた。

「あなたの話のおかげで守ってあげることができそうよ」

「話してよかったんですね」

「もちろんよ」

あたしがいうのと同時に、冬子が車のエンジンを始動させた。

由美を山森家の門の前まで送っていき、インターホンのボタンを押した。そして箱入り娘を無事に送り届けた旨をしゃべると、相手がわめきだすのを尻目に全速力で逃げた。

車の中から後ろを振り返ると、目の見えないはずの彼女がこちらを向いて手を振ってい
た。

「どうやら事件の構造が見えてきたわね」

しばらく走ってから冬子がいった。

「女性がいて、その人の目の前で恋人が見殺しにされたのよ。その恋人というのが竹本
幸裕氏」

「そしてその女性が古沢靖子という女性だということは間違いないようね」

あたしはいった。

「要するに」

といって、冬子は前で急ブレーキを踏んだ車にクラクションを鳴らした。どうやら白
のベンツの扱いに慣れたらしい。「その古沢靖子という女性が恋人を見殺しにされて、
その復讐を始めたということなのね」

「ものすごく単純な構造だけどね」

「そうね。でも単純なだけに山森氏あたりも気づいているはずだわ。彼に限らず、他の
参加者もわかっていると考えて間違いなさそうね」

「そうすると……」

あたしの脳裏に一つの場面が浮かんでくる。最後に川津雅之と会った夜のことだ。

「川津さんも、自分が狙われているのが、古沢靖子の復讐だと気づいていたのかもしれないわね。だからそのことで山森氏に相談にいったのよ」

いいながらあたしの気分はすぐれなかった。あたしの恋人もやはり、竹本幸裕を見殺しにした一人なのだろうか。

いや、彼はその時に足を怪我していたんだっけ——。

「つまり例の盗まれた川津さんの資料には、由美さんが証言したような内容を書き残してあったのね」

冬子の言葉にあたしも頷き、

「新里美由紀さんが何とか手に入れようとした理由もわかるわ。同時に、事故の関係者が誰もまともに話してくれなかった理由も」

「問題は古沢靖子ね」

冬子がいった。「彼女がいったいどこにいるのか……」

「どこかに隠れていて、次の相手を殺すチャンスを窺っているのかもね」

あたしはその未だ見ぬ女性のことを考えた。事故の結果とはいえ、目の前で恋人が見殺しにされた時のショックはどんなものだったろう。そして彼女は、その憎むべき人間たちと一緒に一晩を過ごし、同じように翌日救出されたのだ。あたしには彼女が、その時から復讐計画を立てていたように思われた。

彼女のシナリオでは、次に殺されるのは誰なのだろう？

4

イタリア料理の店で食事を済ませてマンションに帰った。時刻は十一時を過ぎている。廊下は暗く、バッグの中から鍵を出すのに少し手間取った。鍵を鍵穴に差しこんで回す。妙な違和感があった。

鍵の外れる手応えがない。

あたしは鍵を抜いてノブを回してみた。さらに引く。ドアは何の抵抗もなく開いた。出がけに施錠《せじよう》を忘れたのだろうか？

そんなはずはない、とあたしは思った。例の川津雅之の資料が盗まれてから、施錠には神経質になっているのだ。今日も間違いなく鍵をかけた記憶がある。

つまり誰かが入ったのだ。あるいは、入っている。

そのままドアを開いて中に入る。部屋の灯りはひとつもついていなくて真っ暗だ。物音もない。

だが誰かがそこにいることをあたしは直感した。気配を感じたのだ。そしてそのあとで、煙草の臭いが漂っていることに気づいた。

入ってすぐのところに灯りのスイッチがある。おそるおそる手を伸ばして押した。

思わず息を飲んだ。咄嗟《とっさ》に目を閉じ、壁に身を寄せていた。そして心臓の動きが少しおさまるのを待ってから、ゆっくりと瞼を開けた。

「待ったよ」

と山森氏はいった。ソファに腰かけ、脚を組んでいる。顔は笑っているが、相変わらず目だけは別人のようだった。

「これでわかりましたわ」

ようやく声が出たが、語尾が少し震えた。

「何度もこの部屋に入ったのはあなただったんですね。ダンボールを荒らしたり、ワープロに悪戯《いたずら》したり」

「私はそんなことをしないよ」

彼の声は落ち着いていた。憎らしいくらいだ。

「あなたはしなくても、誰かにやらせることはできますよね」

だがこれには彼は答えなかった。左手の指で左の耳の中を掻いただけだ。

「何かお飲みになりますか？　ビールか、ウイスキーぐらいならありますけど」

いらない、という代わりに彼は小さく首を横に動かした。

「なぜ私がここに来たか、わかるかい？」

「話をするためでしょ」

「その通りだ」

彼は脚を組みかえ、あたしを眺めた。あたしの頭の先から足の先までを、まるで点検するみたいに眺めた。その目にこめられている感情を正確に読みとることは、あたしにはできなかった。

「由美は帰してくれたかい？」

眺めることに飽きたらしく、山森氏は訊いてきた。

「間違いなく」

とあたしは答えた。

彼はまた左の耳を掻き、

「思いきったことをしたものだな」

といった。静かな口調だった。

「すみません」

とあたしはとりあえず謝った。「思いついたら、すぐに実行してしまう性格なんです」

「作家になったのも、その性格が原因かい?」

「そうです」

「直した方がいいな」

と彼はいった。

「でないと、また男に逃げられることになる。前の御亭主みたいにな」

「……………」

不覚にも言葉に詰まり、内心の動揺を露わにしてしまった。どうやらこの男は、あたしについてもかなり調べたらしい。

「私が警察に届けたらどうするつもりだった?」

「そのことは考えていませんでした」

「娘をさらった犯人が君だとわかれば、届けないだろうと予想したわけか?」

「それもあります」

とあたしは答えた。

「でもう一つの根拠の方が大きいですね。もし警察沙汰になれば、あたしが由美さんから聞きだした話もまた世間に公表されることになるわけでしょ。あなたがそんな無茶をするはずがないと考えたんです」

「娘の話を信用しているのかね？」

「しています」

「君には想像もつかないだろうが、あの時の由美は極限状態にあったんだ。夢と現実の区別がつかなくなっても不思議じゃない」

「彼女が体験したことは現実のことです。あたしはそう信じています」

ここで彼が黙った。いい返す言葉を考えているのか、何かの効果を狙っているのか、あたしにはわからない。

しばらくして、「まあいいだろう」と彼はいった。

「とにかくこれ以上余計なことはしない方がいいな。君のためにいっているんだが」

「ありがとうございます」

「本当のことだ」

彼の目に鋭い光が宿った。

「君の恋人が殺されたことには同情するが、早く忘れた方がいい。でないと今度は君が傷つく」

「傷つく……狙われるという意味ですか？」

「それだけじゃない」

と彼はいった。ひどく暗い声だ。

「それだけではすまない」

じわ、とあたしの口の中に唾液が溜まった。彼はあたしを見ている。あたしも彼の目を見返した。

「たぶん」

とあたしは口を開いた。「たぶん全員がグルになっていて、そうしてあなたの指示で動いているんでしょうね。竹本幸裕さんの弟さんの行動を調査させたのも、あなたの命令ですね」

「それは私に尋ねているのかな？」

「勝手にしゃべっているだけです。別に構わないでしょ、勝手にしゃべるぐらい。ここはあたしの部屋なんですから」

「もちろんそうだよ。——煙草を吸っていいかな？」

「どうぞ。——話を続けます。あなたは川津さんと新里さんが殺された時点で、一年前に竹本さんを見殺しにした復讐ではないかと考えた。それでその復讐をしそうな人物、つまり彼の弟の竹本正彦さんの行動をチェックしたのです。川津さんや新里さんが殺された時の彼のアリバイを調べることで、彼が犯人かどうかを確認していたんですね」

あたしがしゃべっている間に彼は煙草を取り出し、いかにも高級そうな銀色のライターで火をつけた。そして一服してから、どうぞ続けて、というように掌を上に向けて差し出した。

「でも……これはあたしの想像ですけど、彼にはアリバイがあったんですね。事件の起こった日に彼は会社に出ていたんでしょう」

「………」

「犯人は古沢靖子さんですね？　これは質問です。答えてください」

山森氏はたて続けに煙草を二、三回吸い、同じ数だけ煙を吐いた。その間彼の視線はずっとあたしの顔に注がれたままだった。

「彼女には関わらない方がいい」

それが答えだった。そしてそのまま口を閉ざす。あたしは戸惑った。

「関わらない方がいいって……どういうことですか？」

「どういうも、こういうもないよ。そういうことだ」

重苦しい沈黙がしばらく続いた。

「もう一度訊く」

山森氏がいった。「手を引く気はないのかい？」

「ありません」

彼はため息をついた。それと共に、彼の口に残っていた煙も吐き出された。

「しかたがないな」

彼は煙草を灰皿の中でもみ消した。その灰皿は、別れた夫がかつて使っていたものだった。いったいどこから見つけてきたんだろう？

「話題を変えよう。君は船は好きかな？」

「いえ、特には……」

「来月我々はクルージングに出る。メンバーは去年の顔ぶれに何人か加わっただけだ。よかったら君も参加しないかい？」

「クルージングって……またY島に行くんですか？」

「そう。去年と全く同じコースを辿る。我々が逃げのびた無人島にも寄るつもりだよ」

「無人島にも……」

狙いは何だろう、とあたしは考えた。まさか一周忌をするわけではないだろう。だがとにかく山森たちが何かをやろうとしているのは事実だ。

またバーベルのことが頭に浮かんだ。

このツアーに参加するということは、自分から敵の中に飛びこんでいくようなものだ。もしかしたら彼等の狙いは、あたし自身にあるのかもしれないのだ。

「何かを警戒している顔つきだね」

あたしの迷いを見透かしたように山森氏はいった。

「ひとりで不安だというなら、連れがいても結構だよ。萩尾さん、といったかな。彼女も一緒にどうかな」

たしかに冬子が一緒なら心強い。それに、今のままでは何も解決できないような気がした。由美の話を立証することもできないし、立証したところで、事件の構図は何も浮かんでこない。それだけに、関係者が集まる場にはどうしても立ち会いたかった。

「わかりました」

とあたしは決心していった。「参加させていただきたいと思います。でも冬子の都合もありますから、正式な返事は後日ということで」

「それがいい」

山森氏は立ち上がると、ぱんぱんとズボンのすそをはたいた。そしてネクタイを直し、咳払いをひとつした。

気がつくと、彼は靴を履いたままだった。どうりで玄関に男物の靴など置いてなかったはずだ。彼はそのままあたしの前を通り、当然そのまま玄関に下りた。よく見るとカーペットの上に点々と靴跡が残っている。

ドアを開ける前に一度だけ彼は振り向いた。そしてズボンのポケットの中から何かを取り出すと、それを床の上に投げ捨てた。乾いた金属音がして、また静かになった。

「もう不必要なものだからね、残していくよ」

「……どうも」

「じゃあ海で会おう」

「……じゃあ海で」

彼はドアを開けて出ていった。靴音が遠ざかっていくのが聞こえる。

あたしは彼が床に投げ捨てていったものを拾いあげた。冷たい感触が指先から伝わる。

——なるほどね。

あたしはひとりで合点して頷いた。

それはどうやらこの部屋の合鍵のようだった。

第六章　もう一度海へ

1

ヨット・ハーバーは夏真っ盛りだった。

様々な船が横付けされており、それらのまわりは出発を前にして活気にあふれている。目につくのは真っ黒に日焼けした若者たちだ。荷物を運び込む彼等の腰つきは、リズム感に満ちていた。

海は陽光を浴びて輝いていた。そしてその色はどこまでも青かった。

約束の場所で立ち尽くしていると、春村志津子さんが出迎えてくれた。

「晴れてよかったですね」

と彼女は相変わらず、にこやかにいった。彼女の今日のスタイルはタンクトップにショートパンツで、いつものイメージを忘れさせる。

「皆さん、もうお集まりなのかしら?」

とあたしは訊いた。

「ええ、お二人が最後ですよ」

彼女のあとをついていくと、白いクルーザーの甲板に山森氏の立っているのが見えた。

彼はあたしたちに気づくと、Tシャツから抜き出た太い腕を上げて見せた。

「先日はどうも」

船のそばまでいくと、彼が声をかけてきた。

「お世話になります」

あたしがいうと彼は濃い色のサングラスを外して空を見上げ、「最高のクルージング日和《びより》だね」といった。

やがて金井三郎が無言で近づいてきて、あたしたちの荷物を船内に運び入れてくれた。

彼のあとについてキャビンに入ると、小さなベッドが置いてあって、秘書の村山則子と山森母子がいた。村山則子はあたしたちに気づくと軽く会釈をしたが、山森夫人の方は見向きもしなかった。先日由美を連れ去ったことで腹を立てているのかもしれない。その由美は、キャビンに入ってきたのがあたしたちだとは気づいていないようすだった。

「キャビンは船尾の方にもあるんです」

そういって金井三郎が狭い通路を通っていったので、あたしたちも彼に続いた。通路の途中にはトイレやシャワー室まであって、あたしは少し驚いた。

船尾のキャビンにも先客がいた。若い男だ。あたしは間もなく彼の顔を思い出した。

「竹本さんも一緒だったんですか？」

あたしは声をかけた。竹本正彦は読んでいた雑誌から顔を上げた。

「やあ」

彼は懐かしそうな顔をした。「先日はどうも」

金井三郎の姿が見えなくなるのを待ってから、冬子に彼のことを紹介した。

「じつは山森さんから声をかけてもらったんですよ。そういえば兄が死んだ場所を見たこともなかったし、思いきって仲間に入れてもらうことにしました」

「そう……」

あたしは複雑だった。竹本正彦は山森氏のことを親切な良い人だとでも考えているのかもしれない。まさか兄を見捨てた一人だとは夢にも思わないだろう。

「ところで、その後はどうですか？　やっぱり誰かに嗅ぎまわられているような気配があります？」

「いえ、最近はないですね。そう、ちょうどあなたが見えた頃あたりから、ぷっつりとなくなりました」

「そうですか」

あたしは頷いた。

そしてこの十分後、我らの船は出発した。この船出が何に向かっているか、もちろんこの時のあたしにはわからなかった。

2

クルーザーはゆっくりとしたスピードで南下していた。もっともあたしはクルーザーの本来のスピードというものを知らないので、これが速いのか遅いのかは判断できなかった。操縦している山森社長が、「のんびり行きますので」といったので、たぶんスローペースなのだろうと思っているだけだ。

あたしと冬子は後部デッキに並んで座り、遠ざかる本州を眺めた。広大な海を通して見ると、本州は海と空の隙間に出来た染みのように見えた。

「最初にヤマモリ・スポーツプラザに行った時、山森氏に会う前にプールに入ったわね」

冬子にだけ聞こえる程度の声であたしはいった。

「覚えてるわ」

「あの時に貴重品はフロントに預けたわよね」

「ええ」

「たしか、あたしたちが泳いでいたのは一時間足らずだったと思うけど」

「ええ、そんなものよ」

冬子には、なぜあたしがこんなことをいい出すのかわからないだろう。

「一時間あれば、あたしのバッグから部屋の鍵を抜き出して、近所の鍵屋で合鍵を作れるかもしれないわね。仮にそれが不可能でも、型を取るのは簡単よね」

「……そういうこと」

「そういうことよ」

あたしはにっこりしていった。

「なんだかんだ理由をつけて、あたしたちをプールに入れたのは、合鍵を作りたかったからなのよ。ゆうべそのことに思い当たったわ。まあ今さらって気もするけれど」

たしかに今さらだ。その合鍵は不要ということであたしが貰ったのだから。

「ということは、あたしたちが山森氏に会おうとした時、彼等にはこちらの手の内がわかっていたということね」と冬子。

「正確にいうと、あたしたち以上にあたしたちの手の内を知っていたわ。あたしたちはダンボールの中身を知らなかったけれど、彼等は知っていたんだから」

「なぜ知っていたのかしら？」

「決まってるわ」

あたしは無造作にいった。

「新里美由紀が知らせたからよ。彼女は川津さんの部屋から海難事故のことを書いた資料を持ち出す仕事を請け負ったけれど、うまくいかなかったのですぐに山森氏に連絡したのよ。いったんは翌日に新里美由紀が手に入れるということになったけれど、あたしたちが山森氏のところに行くとなって、急遽《きゅうきょ》合鍵を作って忍びこむことを計画したんだわ。実際に忍びこんだのは、たぶん坂上豊だと思うわ。老人の格好をして、ようすを探りに来てたのよ」

「彼等は彼等なりに必死だったってことね」

「そうらしいわ」

必死かもしれないが、勝手に人の部屋を出入りされては困る。おまけに土足だ。山森氏の靴跡を消すのに、どれだけ苦労したことか。

「それにしても」

と冬子は思いつめたような声を出した。「今回のクルージングの狙いは何なのかしら？　仲間うちばかり集めて……事件の解決になるとも思えないけれど」

「たしかに……変よね」

あたしは操舵室の方を見た。山森氏の横で、山森夫人と由美が何やら話している。由美は海の色を見ることはできないが、それ以上の何かを身体全体で感じとっているようだった。

何となく、ぞくりと寒気がした。

出発して数時間後、クルーザーは去年の事故現場付近に到着した。山森氏がそれを知らせると、全員がデッキに集合した。

「あれが我々が辿りついた島です」

山森氏が指差した方を見ると、人がうずくまっているような形の島が、ひっそりとした感じで浮かんでいた。この位置からは、ほかに島は見当たらない。何もない海で、そこだけこんもりと盛り上がっているのは妙な眺めだった。まるでその島はどこからかやってきて、ちょっとこのあたりで休憩しているだけのように見える。

誰一人声を出さず、誰もがじっとその無人島を眺めていた。一年前にあの島に辿りつくことによって命を拾った者はもちろんのこと、到達できずに死んでいった竹本幸裕の弟にも、それなりに胸に迫ってくるものがあるはずだった。

「兄は」

と最初に声を発したのは、竹本正彦だった。いつの間にか彼は小さな花束を抱えてあたしたちの背後に来ていた。

「兄は泳ぎが得意でした」

彼は皆に聞かせるように静かな口調で語った。

「まさか兄が海で死ぬとは、夢にも思いませんでした」

彼はあたしたちの横に来て、彼の兄が沈んだ海に花束を投げた。花束はしばらくあたしたちの眼下で漂っていたが、そのうちにゆっくりとした速度で流れはじめた。

彼は海に向かって掌を合わせた。あたしたちもそれに倣った。もしもそばを通りかかる船があったなら、あたしたちの船はどんなふうに見えたことだろう。

Y島には予定通り、この日の夕方到着した。宿から迎えの車が来ていたが、それが来なければ途方に暮れてしまいそうなほど何もない島だった。

マイクロバスに乗って行き着いた宿は、二階建ての比較的新しい建物だった。鉄筋コンクリート製で、品の良い国民宿舎という趣がある。建物の前には、林に囲まれた駐車場があった。

宿に入ると、とりあえずそれぞれの部屋に行った。あたしと冬子の部屋は二階の一番端で、南側の窓の下には駐車場があり、その先には海が見えた。部屋にはベッドが二つと、小さなライティング・デスクがひとつ、それからテーブルと籐の椅子が備えられていた。枕元のライト・スタンドには、目覚まし時計がついている。

まあまあというところだ。

夕食は六時から始まった。今ひとつ盛り上がりに欠けた晩餐会《ばんさんかい》となったが、お互いにあまり知らない者同士では無理もなかった。

山森卓也氏は自分の妻や娘を相手に釣りやクルーザーの話をしており、秘書の村山則子も黙ってそれに耳を傾けている。金井三郎と春村志津子さんは、まるでこのホテルの従業員みたいに小まめに動きまわっていた。あたしはこの二人が恋人同士らしいという話を改めて思いだしていた。

当然のことかもしれないが、寡黙《かもく》なのは竹本正彦だった。無愛想にしているというのではないが、特に誰とも話す気はないらしく、さかんにテーブルの上の生け造りに手を伸ばしている。時折山森氏が声をかけたりしていたが、あまり話は続かないようすだった。

食事が終わると、何となく全員が隣りのホールに移動した。ホールにはゲーム機やビリヤードのキャロム・テーブルなどが置いてある。

いち早くビリヤード台に近づいたのは竹本正彦だった。彼は慣れた手つきでキューの先端にチョークを塗ると、ちょっと小手調べといった感じで白玉をこつんと突いた。白玉は三つのクッションに当たって、彼の手前にあった赤玉に命中した。ほう、という声を誰かが漏らした。

「教えていただけるかしら？」

村山則子が彼に近づきながらいった。

「喜んで」

と彼はいい、もう一本のキューを彼女に手渡した。

彼等が四つ玉ルールの講習を始めて間もなく、山森氏が小柄で色の黒い男と一緒に食堂から現われた。小柄で色の黒い男は、この宿の支配人のはずだった。

「佑介《ゆうすけ》」

山森氏がやけに大きな声で呼んだ。佑介というのは石倉の名前なのだ。彼は金井三郎や志津子さんたちと一緒にダーツを始めるところで、すでに黄色の矢を右手に持っていた。

「ちょっと付き合わないか」

山森氏は両手で麻雀の牌を並べるしぐさをした。途端に石倉の目の色が変わった。

「メンバーは揃っているのかい？」

と彼は弾んだ声で訊いた。

「おまえが入ればちょうどだよ」

と山森氏は答えた。「ここの主人と料理長が相手をしてくれることになったんだ」

「そう……じゃあ少しだけやろうかな」

そういいながら石倉は、彼等と共に階段の方に歩いていった。麻雀ルームがこの地下にあることは、見取り図を見てあたしも知っていた。

突然音楽が鳴りだしたのであたりを見回すと、隅に置いてあるジューク・ボックスから山森夫人が離れるところだった。彼女はソファで待っている由美のところに行き、何か話していた。由美は本を指でなぞっている。たぶん点字の本なのだろう。

あたしたちは金井三郎と春村志津子さんがダーツ・ゲームをする隣りで、旧式のピンボール・マシンをして遊んだ。フリッパーの動きが鈍い機械で、そのために高得点を上げるのは至難の技だった。それでも冬子は、リプレイを出来る点数にあと少しというところまでいった。大したものだ。

何度やっても冬子に勝てそうになかったので、あたしは諦めて先に部屋に戻ることにした。冬子は何とかハイスコアを出すのだといって、さかんにフリッパーを押していた。

あたしは階段を上がっていったが、その途中で立ち止まり見下ろした。

ビリヤードをする人に、ダーツをする人に、雀卓を囲む人、そしてピンボールに熱中する人と音楽を聞く人と点字の本を読む人。

これが、この夜の宿泊客だった。

3

部屋に戻った時、ベッドの枕元に据え付けられた目覚まし時計は、八時ちょうどを差していた。あたしは先にシャワーを浴びることにした。

バスルームに入ると、まずバスタブの排水口に栓をして湯を出した。西洋式でも一応身体をゆっくりと湯に沈めないと気が済まない性分なのだ。湯はナイアガラの滝みたいに大きな音を出して、勢いよく蛇口から流れ落ちた。

バスタブに湯をはっている間に、あたしは歯を磨いて顔を洗った。備えつけのタオルは柔らかくて質のいいものだった。

顔を洗い終わった頃には湯は充分溜まっていて、肩までとっぷりとつかることができた。給湯を止めると、吸い込まれるように音が消えた。

湯の中で身体を伸ばしながら、あたしは今回のツアーのことを考えた。

いったいこのツアーの狙いは何なのだろう？　一周忌などといってはいるが、まさか本気だとは思えない。そうすると、このメンバーを一カ所に集めなければならない理由でもあるのだろうか？

気になることはもう一つある。それは、なぜ山森氏はあたしたちを誘ったのか、ということだ。何かたくらみがあるのだとすれば、あたしたちは邪魔なはずだ。

いくら考えてもカタがつきそうになかったので、排水口の栓を抜いて立ち上がった。そしてシャワーを出すと、まず髪から洗うことにした。バスルームは、排水口から流れ出る水の音とシャワーの音でいっぱいになった。

バスルームから出ると冬子が戻っていて、ベッドに寝転がって週刊誌を読んでいた。

「ピンボールはおしまい？」

バスタオルで髪の水気を取りながら、声をかけた。

「うん、さすがに小銭がなくなっちゃったわ」

小銭があればまだまだやっていたということか。彼女の意外な一面を見た気がする。

「ほかの人たちは？」

「山森夫人と由美さんはまだホールにいるわ。竹本さんと村山則子女史は、まだハスラー気分を味わってるわ。どうやら気が合ったみたいね」

「志津子さんたちは？」

「散歩に行くようなことを話していたけれど、どうなのかしらね」

冬子はあまり興味がなさそうにいった。

髪を乾かしたあと、あたしはライティング・デスクに向かって、大学ノートに事の成り行きをまとめる作業を開始した。今回のあたしたちの行動は、ノンフィクション小説を書くという狙いも持っている。少しはそちらの方の作業も進めなければならないのだ。

何気なく枕元の時計を見ると、八時四十五分を示していた。

あたしが仕事をしている間に冬子はシャワーを浴びた。あたしのノートの中はクエスチョン・マークだらけになっていく。いいかげんうんざりしたところで、彼女がバスルームから出てきた。

「停滞してるみたいね」

と彼女が見抜いていった。

「ちょっと引っ掛かることがあるのよ」

あたしはいった。「様々な状況から判断すると、犯人は竹本幸裕氏の恋人で、それはたぶん古沢靖子という女性だということになるわね。で、おそらくそのことは山森氏たちもわかっているはずなのよ。だけど彼等が古沢靖子を探している形跡はないわ。その代わりに竹本正彦氏を疑って、彼の身辺調査はしている。まるで古沢靖子が犯人じゃないと考えてるみたいに」

「古沢靖子を探していない、とは限らないわよ」

冷蔵庫からジュースの瓶を二本出してきて、それを二つのコップに注ぎながら冬子はいった。「あたしたちの知らないところで活動しているのかもしれないわ。正彦氏のことを嗅ぎまわっていたことだって、本来なら知らなかったわ」

「まあそうだけど——あ、ありがと」

冬子が机の上にオレンジ・ジュースを置いてくれたのだ。

「とにかくもう少しようすを見るしかないわよ。この旅行にしても、山森氏の狙いがどこにあるのかもわからないことだし」

あたしは頷いた。冬子も同じことを気にしていたらしい。

もうしばらくあたしは机に向かうことにした。

それから少しして窓から外を見ていた冬子が、

「あら?」

と、声を漏らした。

「どうしたの?」

「ううん、別に大したことじゃないんだけれど……誰かが玄関から出ていったわ。たぶん志津子さんじゃないかしら」

「志津子さんが?」

あたしも身体を伸ばして窓から外を見た。だが街灯がないうえに、背の高い木が茂っているので、よくわからなかった。

「こんな時間に何かしらね? もう九時四十分よ」

冬子にいわれて目覚まし時計を見ると、たしかにその通りだった。

「散歩かもしれないわね。金井さんは一緒じゃなかった?」

「さあ、一人だったと思うけれど」

冬子はまだ窓の外を見つめたまま、首を捻っていた。

それから間もなくあたしたちはベッドに入ることにした。今朝早かった上に昼間の疲れが出たらしく、冬子もあたしも欠伸を連発しはじめたのだ。

「食事は八時だっていってたわ。目覚ましを七時にセットしてくれる?」

冬子にいわれて、あたしは備えつけの目覚まし時計の小さな針を七時に合わせた。

この時、ちょうど十時だった——。

モノローグ　4

来るべき時が来たという気がする。

ついに、あの女を殺すのだ。

あの女の死体を目のあたりにした時、彼等はいったいどんな反応を示すだろう？　あの、一見何の関係もなさそうに思える女が、殺されたとわかった時には。

いや——。

誰もが皆知っているのだ。あの女が無関係でないことは。それどころか、あの女がいなければ今度のことは起こらなかったのだ。

ついに、あの女を殺す。

その時の感触を思うだけで、私の身体は震えてくる。恐怖からではない。今日までこらえてきたものが、全身の血をたぎらせるのだ。

しかし頭の中は冷めている。

私は、自分の欲望のままに殺戮《さつりく》を繰り返すわけにいかないことを知っている。それは充分に計算されつくしたものでなければならない。そして今の私の精神状態は、私自身が頼もしく思えるほどに落ち着いている。

何も迷うことはないのだ。

心地よく、夜が私の心に浸みていく。

第七章　奇妙な夜について

1

嫌な夢を見て目を覚ました時、あたりは真っ暗だった。

本当に嫌な夢だった。何か黒い煙のようなものが、どこまでもあたしを追いかけてくるのだ。黒い煙の何が怖いのか、あたし自身にもわからないのだけれど、とにかくひどく怖くて、寝汗もびっしょりかいていた。

おまけになんだか頭が痛い。

水でも飲もうと身体を起こした時、隣りのベッドが空になっていることに気づいた。

さらによく見ると、ベッドの上に冬子のネグリジェが奇麗に畳まれて置いてあった。

足元に目を向けると、スリッパが並べてあって、代わりに彼女のパンプスが消えていた。

彼女もあたしのように嫌な夢でも見て、それで散歩にでも行ったのだろうか？

時計を見ると、十一時を少し回ったところだった。案外眠っていないらしい。

あたしは洗面所に行って顔を洗うと、服を着替えることにした。なんだか目が冴えたようだし、冬子のことも気になったからだ。

部屋を出ると、外は意外に明るかった。おまけにホールから人の笑い声のようなものが聞こえた。まだ寝ていない者がいるらしい。

階段を降りていくと、山森氏と夫人、それから石倉と宿主が談笑していた。彼等の手にはタンブラーが持たれており、真ん中のテーブルにはウイスキーのボトルとアイス・ボックスが置いてあった。

冬子の姿はなかった。

真っ先にあたしに気づいて手を上げてきたのは山森氏だった。

「眠れないんですか？」

「ええ、なんだか目が覚めちゃって」

「それなら一緒にどうですか？　あまり上等の酒ではありませんが」

「いえ、あたしは結構です。それより萩尾さんを見かけませんでした？」

「萩尾さん？　いいえ」

と山森氏は首をふった。

「我々は三十分程前にここに来たところなんですよ」

「なにしろ兄が一人負けでね、挽回するまでは終わらないぞってしつこいんですよ」

軽口を叩いたのは石倉だった。面白くもなんともなかったが、あたしは付き合いで笑いながら彼等に近づいていった。

「奥様はいつ頃からここに？」

夫人の方を見て訊いてみた。

「同じですわ」

と夫人は答えた。

「娘を部屋に連れていってから、ずっと主人たちと一緒にいたんです。それが何か？」

「いえ別になんでも」

あたしは玄関の方を見た。ガラス戸がぴっちりと閉められている。

冬子は外に出ていったのだろうか？

山森氏たちが三十分も前からここにいたということは、冬子は十時から十時半までの間に宿を出ていったことになる。

あたしは玄関まで歩いて行き、戸の施錠の具合をみた。ガラス戸には内側から鍵がかかっていた。

「そうか、お連れの方が外に出ておられるのなら、鍵は外しておかなきゃ」

森口《もりぐち》という名の小柄な支配人が、あたしのそばにやってきていった。そしてガラス戸の鍵を外した。

「あの、ここの鍵は何時頃かけたんですか?」

「そうですね、麻雀を止める少し前だから、十時十五分か二十分ってところですかね。本当は十時には閉めることにしているんですがね、うっかりしちゃって」

彼は壁に貼ってある紙を指差していった。なるほどそこには、『午後十時以降は玄関を施錠しますので御注意ください』とマジックで書いてある。

ちょっと気になった。

もし冬子が夜の散歩に出かけたのだとしたら、十時十五分以前ということになる。それ以後に出ていったのだとしたら、冬子がここの鍵は外したことになるから、今ここで鍵がかかっているのはおかしいのだ。

あたしは壁にかかっている時計を見た。十一時十分を差している。ということは、彼女は十時頃に出たとしたら、一時間近くも外出していることになる。

「あのう……」

とあたしは再びソファで談笑している連中に目を向けた。「本当に萩尾さんを見かけませんでした？」

彼等の会話が途切れ、視線があたしに集中した。

「見なかったですよ。どうしたんですか？」

訊いてきたのは石倉だ。

「部屋にいないんです。散歩にでも出たのかなと思ったんですけど、それにしては時間がかかりすぎているので……」

「なるほど、それは心配だな」

山森氏が立ち上がった。「探しにいった方がいいかもしれない。森口さん、懐中電灯をお借りできますか」

「それは構いませんけど、気をつけてくださいよ。真っ暗だし、ちょっと行くと崖っぷちになってますからね」

「承知してますよ。——佑介、おまえも来てくれ」

「もちろんだよ。僕にも懐中電灯を貸してください」

「あたしも行きます」

とあたしはいった。二人の真剣なようすを見ていると、ますます不安が増幅されていくようだった。

あたしたちは二組に分かれて冬子を探すことにした。石倉が宿の前の車道に沿って探してみるといったので、あたしと山森氏は、宿のまわりを探してみることにした。

「なぜこんな時間に宿を出たんだ？」

山森氏はいく分怒りのこもったような声でいった。彼はあたしと二人っきりの時は高姿勢なしゃべり方になる。

「わかりません。ベッドにはあたしと一緒に入ったのに」

「何時頃？」

「十時頃です」

「それがいけなかったんだな。早過ぎたんだよ。ふだん不規則な生活をしているから、たまに早寝をしようと思っても寝つけないんだ」

あたしは何もいい返さずに、ただひたすら足を動かした。彼の嫌味に対抗している場合ではなかった。

宿のまわりは小さな林で、簡単に整備された舗道をめぐらせてあった。その舗道を奥に向かって進んでいくと、宿の裏に回った。そして宿の裏は主人がいったように崖っぷちになっている。吸い込まれそうな青黒い闇が眼下に広がっていて、その中から波の音が聞こえてきた。

山森氏は崖の下に懐中電灯を向けた。だがその程度の光は、到底下まで届かなかった。

「まさかとは思うが……」

独り言みたいにして彼がいったが、あたしは黙っていた。答えたくもない。

ぐるりと宿を一周してからロビーに戻ってみた。だが冬子は帰っていなかった。帰っていたのは冴えない顔をした石倉佑介だけだ。

「この宿の中にはいないんですね？」

山森氏が宿主の森口に訊いている。森口はこめかみに流れる汗をタオルでふきながら、

「全部調べましたが、どこにもいらっしゃいません。一応、他の方にもお尋ねしましたが、御存知ないということです」

と答えた。そういえば金井三郎や志津子たちも集まっている。今ここにいないのは由美だけだ。

「しかたがない。私がここでもう少し待ってみましょう。皆さんはお休みになってください。明るくなれば、もう一度探しにいってみますよ」

山森氏が全体をとりまとめるようにいった。

「警察に届けた方がいいんじゃないですか。彼等に任せた方が確実ですよ」

遠慮がちに口を挟んだのは竹本正彦だった。だが山森氏は即座に首をふった。

「この島には警察署はありませんよ。あるのは駐在所だけです。管轄は警視庁のはずだから、今連絡したところで明日の朝ヘリを飛ばすのがやっとでしょう。それも本当に事件が起こったと決まるまでは動いてくれないと思います」

「待つしかないということか」

石倉が自分の首筋をぴしゃぴしゃ叩きながらいった。

「とにかく皆さんは寝てください。何もなければ予定通り明日の朝出発しますから」

山森氏の言葉に皆はぞろぞろと戻り始めた。だが全員の顔には書いてある。こんなことになって、何もないはずがないじゃないか——と。

「あたしは残ります」

山森氏があたしまで二階に追いやろうとしたので、きっぱりといった。

「むしろ山森さんこそ、お寝《やす》みになった方がいいんじゃないですか？　明日も船を操舵しなければならないでしょ」

「私が寝るわけにはいきませんよ」

そういって彼はソファに腰を下ろした。

2

結局そこに残ったのは山森氏とあたし、それから支配人の森口だった。

ソファに横になった姿勢であたしは待った。時折睡魔が襲ってきて、ふうっと意識が遠退くことがある。だがそれでも次の瞬間には目を覚ましていた。ちょっと眠ったかと思うと、じつに嫌な夢を見て起きてしまうのだ。嫌だというだけで、内容は何ひとつ覚えていないのだが。

そんなふうにしているうちに時間が過ぎ、外が少しずつ白んできた。ロビーの時計が五時を差すのを待ってあたしたちは再び外に出た。

「冬子ォ、ふゆこォ」

朝靄《あさもや》がたちこめる中を、彼女の名を呼びながらあたしは進んだ。周囲は静寂に飲みこまれている。あたしの声は古い井戸に向かって叫んだみたいに反響し、そして空回りした。

不安が胃を押し上げるような感じがした。鼓動が早くなり、何度も吐き気を催した。しかも相変わらず頭は痛い。

「宿の裏にまわってみよう」

山森氏がいった。宿の裏には例の崖がある。彼の意図を読みとって、あたしの足は一瞬すくんだ。だがやはり避けるわけにはいかない。

太陽がものすごいスピードで上りはじめていた。靄は消え、みるみるうちに視界が開けていく。草木の根のすみずみまでが見えてくるにしたがい、あたしの不安は急上昇した。

昨夜はよくわからなかったが、崖の縁には杭と鎖で柵をめぐらせてあった。ただそれほど確実なものではない。簡単に越えられる程度のものだ。

山森氏はそれを越えると、慎重な足取りで崖の縁に寄った。波の音が聞こえてくる。あたしは彼が何の反応も見せずに戻ってくることを願った。

彼は何もいわずに崖の下を見ていたが、やがて無表情のままあたしのところに帰ってきた。そしてあたしの肩に手を置くと、

「とりあえず戻ろうか」

と抑揚のない声でいった。

「戻ろうかって……山森さん……」

あたしははっとして彼の顔を見た。あたしの肩を摑む彼の手に力がこめられた。

「戻るんだ」

暗く、沈んだ声だった。同時に何かがあたしの中で吹き荒れた。

「崖の下に何かが……冬子がいたんですね」

彼は答えず、じっとあたしの目を見つめた。答えたも同じだった。あたしは彼の手から逃れ、崖に向かった。

「やめるんだっ」

彼の声を背に、あたしは柵を乗り越え、崖から下を見下ろした。青い海、白い波、黒い岩肌――それらが一瞬にしてあたしの視界に入った。

そして冬子が倒れていた。

冬子は岩にはりついた、小さな花びらのように見えた。身動きひとつせず、ただ風に吹かれている。

意識が海に吸いこまれそうになった。

「あぶないっ」

誰かがあたしの身体を支えた。海と空が一回転し、足元が軽くなった。

第八章　孤島殺人事件

1

目を開けると白い天井があった。

おかしいな、あたしの部屋ってこんなのだったっけと思っているうちに、徐々に記憶が戻ってきた。

「すいません、起こしちゃったみたいですね」

頭の上から声がした。見ると、志津子さんが窓のところに立っていた。窓は開いていて、白いレースのカーテンを揺らしていた。

「空気を入れ替えた方がいいと思って。窓、閉めた方がいいですか？」

「いえ、そのままで結構です」

ひどくかすれた声が出た。何だか惨めな気持ちになる。

「あたし、気を失ったみたいですね？　それでここに運びこまれたのでしょう？」

「ええ……」

志津子さんは小さく頷いた。

「冬子、死んでいたんですね？」

「……」

彼女はうつむいてしまった。当たり前のことを訊いて、彼女に申し訳ない気がした。あれが夢でなかったことは、充分にわかっている。

目の縁が熱くなったので、あたしは両手で顔を覆い、わざとらしい咳をひとつした。

「あの、ほかの人たちは？」

「下のロビーにいらっしゃいますけど」

「……何をしているのかしら？」

「……」

志津子さんは少しいいにくそうに目を伏せたあと、小さな声で、

「これからどうするか相談しておられるようです」

と答えた。

「警察の人は?」

「駐在所の方が二人おみえになっています。東京からも来られるらしいんですけど、まだ少し時間がかかるそうです」

「そうですか。じゃあそろそろあたしも行かないと」

身体を起こすとまた頭痛が始まった。おまけにフラフラする。そのようすを察してか、志津子さんが身体を支えてくれた。

「大丈夫ですか? 無理をなさらないほうがいいですよ」

「ええ、大丈夫。気絶するのは初めてだから、身体が慣れていないんです」

大丈夫です、ともう一度いってあたしはベッドから降りた。地に足がつかない感じだ。でもそんなことをいってる場合じゃない。

バスルームに入ると、まずは冷たい水で顔を洗った。鏡の中のあたしの顔は、いっぺんに老けこんだように見えた。肌に精気がなく、目は落ちくぼんでいる。

歯を磨こうと洗面台に手を伸ばした時、冬子の歯ブラシに手が触れた。何度か見たことのある、白い歯ブラシだった。彼女は歯の管理には特に気を使っていて、ほかの製品は一切使わないのだった。

その歯ブラシから彼女の真っ白な歯を連想し、さらに彼女の笑顔を頭に描いた。

ふゆこ——。

あたしはその彼女の形見を握りしめ、洗面台の前で崩れた。身体の中から熱いものが湧きあがってくる。

そしてあたしは泣いた。

2

階段を降りていくと、いったんは全員があたしに注目し、次の瞬間にはその殆どが目をそらしていた。目をそらさなかったのは山森氏と由美だけだ。由美は足音でこちらを見たのだろうが、あたしだとは気づいていないのだ。

「大丈夫ですか？」

山森氏が歩みよってきた。あたしは頷いたが、たぶん弱々しく見えたことだろう。石倉佑介があたしのためにソファの席を空けてくれた。礼をいってそこにかけると、また重々しい疲労感が襲ってきた。

「それで……どうなったんですか？」

皆が目をそむけているので、しかたなく山森氏に尋ねてみた。

「今、森口さんが駐在所の方を現場まで案内しているところですよ」

低く渋い声で彼は答えた。彼はいつも落ち着いている。

「とにかく我々のクルージングは祟《たた》られていますよ」

石倉がため息まじりの声を上げた。

「去年はあんな事故に遭ったし、今回は崖からの転落事故。冗談じゃなく、御祓《おはら》いをする必要がありそうですよ」

「事故？」

あたしは訊き直した。

「冬子が崖から落ちたのは事故だっていうんですか？」

皆の顔が再びあたしに向けられた。だが今度の視線は先程までとは違っているように感じられた。

「あなたは事故じゃないと思うんですか？」

山森氏の問いかけに、あたしはきっぱりと頷いた。当たり前じゃないか、という気持ちをこめたつもりだ。

「重大な発言ですよ、それは」

彼はひときわよく通る声でいった。

「事故じゃない、ということは自殺か他殺ということになる。そして当然あなたは自殺だとは考えていないんでしょう?」

「ええ、もちろん」

あたしが答えると、即座に山森夫人が、

「馬鹿げてるわ」

と首をふりながらいった。

「他殺ってどういうこと? まさかあたしたちの中に犯人がいるってことじゃないでしょうね」

「いや、他殺ということになれば、当然犯人は我々の中にいると考えねばならないだろうね」

山森氏が恐ろしく冷静な顔をしていった。

「たしかに事故と決めつけるのも早計かもしれない。転落死の場合はそういう判断が極めて難しいのだそうだ」

「だからって、あたしたちの中に殺人犯がいるみたいにいわれるのは心外だわ」

山森夫人がヒステリックにいった。赤い口紅を塗った唇が、生き物みたいによく動く。

「他殺だといわれる理由を説明していただけますか?」

山森氏に負けないくらい落ち着いてしゃべったのは村山則子だ。化粧もソツなく決まっていて、突然の事態にうろたえているようすが全くなかった。

あたしは彼女を見返し、それから皆の顔に視線を配った。

「あたしが事故ではないというのは、事故と考えるにはあまりにも疑問点が多いからなんです。その疑問を解決しないかぎり、納得することはできません」

「どういう疑問ですか？」

と山森氏が訊いてきた。

「まず第一に、崖の縁には柵をめぐらせてあったということです。なぜ彼女は柵を越えてまで崖っぷちに立つ必要があったんでしょう？」

「それは何かたあいのない理由があったのかもしれない」

答えたのは石倉だった。「崖の下を覗こうとして越えたのかもしれない」

「あの時刻だと、崖の下は真っ暗で何も見えないはずです。何を見ようとしたというのですか？」

「それは……」

何かいいかけて彼は口を閉じた。あたしは続けることにした。

「疑問の第二は彼女が宿を出ていったという事実自体です。玄関には、午後十時に施錠される旨を書き記してあるでしょ。彼女がもしあれを見たのだとしたら、散歩なんかには出ていかなかったと思うんです。だって閉めだされちゃうかもしれないでしょ」

「だから」と山森氏が口を開いた。「あの貼り紙を見なかったのだよ。見なかったから宿を出ていった」

「そんなふうに思うのは山森さんが彼女の性格を知らないからです。夜更けに外出する以上、彼女は必ずそういうことは確かめるはずです」

「それは少し身贔屓《みびいき》のように聞こえますけど」村山則子が感情を押し殺した声でいった。「まあでもその点はおっしゃる通りだったとして、だからといって萩尾さんが宿を出なかったということにはならないんじゃないですか。もしあの方が散歩に出ようとした時、まだ十時になっていなかったとしたら、それまでに帰ってくればいいとお考えになるでしょうから」

「いやそれが、そうではないらしいんだよ」

あたしの代わりに答えてくれたのは山森氏だった。彼は自分の秘書に向かっていった。

「聞くところによると、萩尾さんがベッドに入ったのが十時なんだそうだ。で、途中で起きて部屋を出たらしいから、当然宿を出たのは十時以降ということになる。——そうでしたね？」

「そういうことです」

とあたしは答えた。

「でもあの方が宿をお出になったのは事実でしょ。なにしろ宿の外で死んでいるんですから」

夫人の口調には苛立ちが混じっていた。あたしはその夫人の顔を見据えた。

「だからといって自分の意思で宿を出たとはかぎらないと思うんです。誰かに誘われて出ていったのかもしれないし、極端な例をいえば、宿の中で殺されたのち崖から捨てられたのかもしれないでしょ」

まさか、と夫人はいい、顔をそむけた。

「なるほど、たしかにあなたのいうことも一理ありそうですね。これではいくら議論していても埒《らち》があかないでしょう」

険悪な雰囲気をとりなすように、山森氏が一同を見まわした。「そこでどうですかね、この場で各人の昨夜の行動を話すことにしては。そうすれば少しは解決に近づくんじゃないですか」

「アリバイというわけか」

石倉がちょっと眉間を険しくした。「あまりいい気分じゃないね」

「しかしこの点については、いずれはっきりさせねばならないと思うね。東京から捜査員が到着すれば、まず我々には昨夜の行動について尋ねるはずだから」

「その予行演習というわけか」

石倉は下唇を突き出し、肩をすくめて見せた。

「どうですか、皆さん？」

山森氏が皆の顔を見渡した。一同はお互いの反応を意識しながら、かなり消極的に同意を示した。

こうして全員のアリバイ確認がなされることになった。

3

「皆さん御承知だと思いますが、私はずっと地下の麻雀ルームにいました」

最初に話し出したのは山森氏だった。たぶん絶対の自信を持っているからだろう。

「もちろん手洗いに立つ程度のことはありましたがね、時間にして二、三分というところです。到底何かできる時間じゃない。ついでにいうと、弟もずっと一緒でした。一緒といえば、森口さんや料理長もそうですね。つまり証人がいるということです」

彼の言葉に石倉が満足そうに頷いている。

「麻雀を終えたのは何時頃ですか？」

とあたしが訊くと、

「十時半頃ですね」

山森氏は即座に答えた。「昨夜もお話しした通りですよ。麻雀を終えてから、ここで皆と雑談していたのです。そうして十一時頃になって、あなたが降りてこられたんでしたね」

「僕も同じです。いうまでもないですね」

石倉が楽観的な表情を浮かべていった。

あたしが黙っていると、山森氏は自分の妻に目を向けて、

「次は君が話しなさい」

といった。夫人はかなり不服そうだったが、文句はいわずにあたしの方に向き直った。

「食事を終えたあと、十時少し前まで由美とここにいました。それから由美を部屋まで連れていって、ベッドに寝かせてから主人たちのようすを見にいったんです。それからはずっと主人たちと一緒でした」

「妻が我々のところに来たのが、ちょうど十時頃ですよ」

山森氏はあたしにいって聞かせるように話した。

「この点は森口さんたちに確かめてもらえればいい」

あたしは頷き、成り行き上、夫人の隣りに座っていた由美に目を向けた。

「由美はいいでしょう」

あたしの目線に気づいて山森氏がいった。「娘に何ができるというんですか？」

たしかに彼の言い分はもっともだった。それで金井三郎に視線を移す。

「僕は食事のあと、しばらくダーツをしていました」

と彼は話しだした。

「隣りでは萩尾さんがピンボールをしておられましたし、村山さんと竹本さんはビリヤードをしておられました」

「その通りですわ」

と村山則子が声を挟んだ。竹本正彦も頷いている。

「ダーツをやめたあとも、奥様や由美さんと話したりして、九時半ぐらいまでここにいたと思います。そのあとは部屋に戻ってシャワーを浴び、外の風に当たろうと思って屋上に行きました。屋上には村山さんと竹本さんが先に来ておられました」

「それは何時ぐらいですか？」

「まだ十時にはなっていなかったと思います」

「ええ、そうです」

またしても横から村山則子が発言した。「十時にはなっていなかったですわ。そのあとすぐに志津子さんも来られて、その時がちょうど十時ぐらいでした」

「ちょっと待ってください」

あたしは金井三郎の顔を見た。「あなたは志津子さんと散歩に出られたんじゃないのですか？」

「散歩？」

彼の眉が怪訝そうに寄せられた。「いいえ。僕は宿を出ていませんよ」

「でも」

と今度は志津子さんに目を移した。「九時四十分頃、志津子さんは宿を出ていかれましたよね。てっきり金井さんと一緒だと思ったんですけど」

志津子さんは虚をつかれたような顔をした。彼女が出ていったことをあたしが知っているので意外に思ったのかもしれない。

「冬子があなたの姿を見ているんです。それがちょうどその頃でした」

あたしの説明に、彼女はしばらくしてから頷いた。

「それはあたしが散歩道のようすを見に行った時だと思います」

志津子さんは何かを思いだすようにしていった。

「奥様があたしに、お嬢さんが歩けるような道がこのあたりにないかどうかをお尋ねになったので、調べに行ったんです」

「志津子さんのいう通りよ」

と夫人がいった。「虫の声がとても奇麗だったから、ちょっと歩かせてやろうと思ったの。それで危険がないかどうか確かめてきてもらったのよ。でも暗くてあまり安全ではないという話だったから、止めることにしたの」

「志津子さんが外に出ておられたのはどのくらいですか?」

あたしが訊くと、

「十分ぐらいだったと思います」

と彼女は答えた。「そのあと奥様と一緒にお嬢さんを部屋までお連れして、それから屋上に行きました。――あの……金井さんが風呂あがりに屋上に行くとおっしゃってたものですから」

志津子さんの言葉はおしまいの方で少し揺れた。金井三郎とのことを公表しなければならなくなったからだろう。

「今の話でだいたいおわかりいただけたと思いますけど」

村山則子が自信に満ちた口調で話しだした。「あたしと竹本さんはビリヤードをしていました。終わったのは金井さんが部屋に戻られる少し前ですから、九時半より少し前ということになりますわね。そのあとは竹本さんと屋上に行って、仕事の話なんかをしていました。そうしてしばらくして、金井さんと春村さんが来られたんです」

あたしは確認する意味で竹本正彦の顔を見た。間違いない、というように彼は首を縦にふって見せた。

「さてこれで全員の行動が明らかになったわけですね」

山森氏が両手の掌をこすりあわせながら、全員を見わたした。

「皆さんそれぞれに、夜を過ごしておられたようです。ただしはっきりしていることは、全員は夜十時以降のアリバイがある、ということですね。そして萩尾さんが部屋を出たのが十時過ぎですから、誰にも彼女と接触することはできなかったということになる」

思わず相好を崩したのは石倉だった。山森夫人は勝ち誇ったように胸をはってあたしを見た。

あたしは腕組みをして、自分の足元の辺りに視線を落とした。

そんなはずはない——。

誰かが嘘をいっているのだ。あの冬子が夜更けに誤って崖から落ちるなんてことは、到底信じられない。

「納得できないみたいね」

夫人の声が響いた。かすかに嘲りが混じっているように思える。

「どうしても納得できないのなら、説明していただきたいわね。なぜあの方が殺される必要があるのかを。動機っていうんでしたわね、こういう場合」

動機——。

くやしいが、たしかにそれは大きな疑問だった。なぜ彼女が殺される必要があるのだろう？　彼女が何か突発的なことに巻きこまれでもしたのだろうか？　巻きこまれる？

そうだ、とあたしは心の中で手を打った。彼女が夜更けに部屋を出た時、何かとんでもないことに関わってしまったのではないだろうか。たとえば、何かを見た、とかだ。そして見られた方は彼女の口をどうしても封じる必要があった——。

「どうなの？　動機は何なのかをはっきりいいなさいよ」

夫人が相変わらず刺のある言葉を浴びせてくる。あたしが黙っていると、

「やめなさい」

と山森氏がいった。「親友が突然亡くなったとなれば、誰でも疑い深くなるものだ。アリバイを立証することで、その疑いは晴れたんだからもういいじゃないか」

疑いは晴れた？

とんでもない、とあたしは思った。疑いなどひとつも晴れてはいない。あたしにとっては全員が敵なのだ。あたしの知らないところでいくらアリバイを立証しようが、全く意味なんてない。

あたしは相変わらずうつ向いたまま、奥歯を強く咬みしめていた。

4

少しして宿の主人と駐在所の巡査が戻ってきた。巡査は五十歳ぐらいの人の良さそうな男で、突然の事故に明らかに動揺を見せていた。あたしたちを見ても何かを訊いたりするわけでなく、主人と何かひそひそ話していた。

東京からの捜査員が駆けつけたのは、それから間もなくだった。太った刑事と痩せた刑事のコンビが、ロビーであたしたちからだいたいの話を聞き、そのあとでまずあたしだけを食堂に呼んだ。

「そうすると」

太った刑事の方がシャープペンシルで頭を掻いた。

「ベッドに入る時、萩尾さんのようすに変わったところはなかったということですな。少なくともあなたにはそう見えた」

「はい」

ふむ、と刑事は考えこむ顔つきをした。

「あなたが萩尾さんと一緒に旅行されるのは、今回が初めてですか？」

「いえ、過去に二、三度取材旅行に付き合ってもらいました」

「その時にこういうことはあったのですか？　つまり萩尾さんが、夜中に眠れないからといって、外に出たというようなことが」

「あたしと一緒の時はなかったと思います」

「あなたと一緒の時は、萩尾さんは寝つきのいい方だったわけですか？」

「まあそうです」

「なるほどね」

刑事は不精髭の伸びた顎をこすった。剃る暇がなかったらしい。

「今度の旅行もあなたの方からお誘いになったのですね？」

「そうです」

「取材旅行というと仕事の一環だと思うのですが、萩尾さんは今回の旅行を楽しんでおられましたか？」

妙な質問だ。あたしは一旦首を傾げてから、

「旅慣れた人だから、それほどでもなかったでしょうが、それなりに楽しもうとしていたと思います」

と答えた。あまり要領を得た答えではないが、しかたがない。

「あなたと萩尾さんとの個人的な付き合いはどうでしたか？　深い方でしたか？」

「ええ」

とあたしはこっくりと首を縦に振った。「親友でした」

太った刑事は、ほう、というように口を丸めた。そしてちらりと横の痩せた刑事の方を見て、またあたしに顔を戻した。

「この旅行の前に、萩尾さんから何か相談されたようなことはなかったですか？」

「相談？　何の相談ですか？」

「いや、だから、個人的な悩みだとかそういうことです」

「ああ……」

刑事の意図することがようやくわかった。

「冬子は自殺したとお考えなんですか？」

「いえ、別に決めているわけじゃありません。あらゆる可能性を検討するのが我々の務めですからね。――で、どうですか？　そういう相談は受けなかったですか？」

「全く受けませんでしたし、彼女が何かに悩んでいたなんて考えられません。仕事でも私生活でも充実していたと思います」

あたしがいいきると、刑事は頭を掻き、唇を変な形に曲げた。苦笑しかけたが、あたしの手前なんとかこらえたといった感じだった。

「わかりました。最後にひとつ確認しておきたいのですが、あなたと萩尾さんがベッドに入ったのは十時頃だったということでしたね」

「そうです」

「あなたが目を覚ましたのが十一時」

「はい」

「その間あなたは熟睡していて、一度も目を覚まさなかったのですね」

「ええ……どうしてそんなことを訊くんですか？」

「いや、どうってことはないんですよ。ただね、その時間に眠っていたといっているのは、あなただけなものですから」

「………」

刑事の言葉の意味がわからず、一瞬あたしは黙った。だがすぐに、はっとする。

「あたしを疑っているんですか?」

すると刑事はとんでもないというように掌をふった。

「疑うなんて滅相もない。それとも、疑われる理由でもあるんですか?」

「………」

ここで黙ったのは答える気にならなかったからだ。あたしは刑事の顔を睨みつけ、椅子から立ち上がった。

「質問はもう終わりですね?」

「あ、終わりです。ありがとうございました」

間のびした声でいう刑事を残して、あたしは食堂を出た。腹を立てたせいか、悲しみはどこかに追いやられていた。

このあとあたしたちの部屋に別の捜査員が二人入ってきて、冬子の荷物を確かめさせてもらいたいといった。その目的については何もいわなかったが、彼等のようすから察するとさ、遺書か何かが見つからないかと期待しているようだった。

だがもちろんそんなものは見つからなかった。彼等は明らかに失望の色を浮かべて出ていった。

それから少しして、さっきの太った刑事がやってきた。今度はあたしに所持品の確認をしてくれという。いうまでもなく、冬子の所持品だ。

「さっき訊き忘れたことをお訊きしていいですか？」

食堂に向かう途中、あたしは太った刑事にいってみた。

「いいですよ。なんですか？」

「まず死因です」

とあたしはいった。「冬子の死因は何だったのですか？」

刑事は少し考えてから、

「とにかく全身を強く打っています」

といった。「あの岩肌でしょ、ひとたまりもありませんよ。ただ後頭部に大きな陥没がありましてね、それが致命傷だと考えています。おそらく即死です」

「争ったような形跡はないのですか？」

「調査中ですが、はっきりしませんね。――ほかに質問は？」

「いえ、とりあえず結構です」

「じゃあ今度は我々の方の協力をお願いします」

刑事に背中を押されて再び食堂に入ると、ひとつのテーブルのそばに痩せた刑事が立っていた。そのテーブルの上には、見覚えのある財布やハンカチが置いてあった。

「萩尾さんの物に間違いないですか？」

太った刑事が訊いてきた。あたしはその一つ一つを手に取って調べてみた。間違いなかった。彼女が最後につけたコロンの香りが少しして、涙がこぼれそうになる。

「一応財布の中身も調べてみましょう」

冬子のお気に入りだったセリーヌの財布から、太った刑事が中身を取り出した。キャッシュ・カード、クレジット・カード、現金が六万四千四百二十円――。

あたしは力なく首をふった。

「中身に変化があるかどうか、あたしには判断できませんわ」

「まあそうでしょうな」

刑事はカードと現金を財布の中に戻した。

食堂を出たあとでロビーに寄ると、山森氏と村山則子がソファのところで話していた。あたしの姿を見て山森氏は片手を上げたが、村山則子の方は何の反応も見せない。

「どうやら今日東京に帰るのは無理のようです」

山森氏がいかにも疲れきったという顔をしていった。彼の前の灰皿には、夢の島みたいに吸い殻が積もっている。

「じゃあ明日の朝に出るんですか？」

とあたしは訊いた。

「そうですね。そういうことになりそうです」

そういって彼はまた煙草をくわえた。

あたしはそのまま二階に上がろうかと思ったが、ふと思いついて振り返った。昨夜あたしの親友を夢中にさせたピンボール・マシンが、ひっそりとホールの隅に置いてあった。

正面のパネルには、胸の大きく開いたドレスを着た女性が、マイクを持って踊りながら歌っているイラストが描いてあった。女性の横にはシルクハットをかぶった中年男がいて、その男の胸のあたりにスコアが表示されるようになっていた。三万七千五百八十点――これがたぶん冬子のラスト・スコアなんだろう。

ラスト？

何かがあたしの胸を打った。

——ピンボールはおしまい？

——うん、さすがに小銭がなくなっちゃったわ。

冬子の所持品——キャッシュ・カード、クレジット・カード、六万四千四百二十円。

……四百二十円？

小銭あるじゃない、とあたしは思った。じゃあ、どうしてあの時彼女はあんなことをいったんだろう？　小銭がなくなったから、止めただなんて……。

何かほかにピンボールを止めなければならない理由があったのだろうか。そしてその理由をあたしに話すわけにはいかなかったのだろうか——。

5

ツアーの参加者全員が次に顔を合わせたのは、昨日よりもやや早い夕食の時だった。

昨夜のメニューは生け造りが中心だったが、今夜はまるでファミリー・レストランを連想させるような食事だった。ハンバーグ、サラダ、スープ、そして皿に盛ったライス。冷凍食品と缶詰を総動員したみたいだ。

もちろんそれでも雰囲気が盛り上がれば楽しい食事になる。だが殆ど誰もしゃべらず、フォークとナイフが皿に当たる音がしているだけでは、ただ気が重くなるだけで、拷問《ごうもん》にかけられているようだった。

あたしは、ハンバーグを半分とライスを三分の二以上残して席を立ち、そのままホールに行った。そこでは宿主の森口が疲れた顔で新聞を読んでいた。

森口はあたしに気づくと、新聞を置き、左手で右の肩をもんだ。

「今日は本当に疲れましたね」

と宿の主人はいった。

「そうですね」

「私も警察からいろいろといわれましたよ。宿のまわりの灯りが暗すぎることや、崖っぷちの柵が頼りにならないことなんかをね。事故が起こってからでは遅いということを、充分思い知らされました」

彼を慰める言葉などひとつも思いつかなかったので、あたしは黙ったまま彼の向かいに腰を下ろした。

「まさかこんなことになるとは、夢にも思わなかったなあ」

あたしが何もいわないからか、彼は独り言みたいにしていった。「こんなことなら麻雀なんかやらなければよかった」

「昨夜森口さんは、玄関の施錠に席をはずした以外は、ずっと地下の麻雀ルームにいたんですか？」

あたしの問いかけに、彼は気落ちした顔で頷いた。

「あまりそういうことはないんですがね、昨日は長引きすぎました。山森さんから誘われると、無下には断わりにくいんですよ」

「ということは、麻雀を誘ったのは山森さんなんですね？」

「ええ。それで料理長も誘ったんですよ」

「そうですか……」

ちょっと気になるな、とあたしは思った。疑えばキリがないのだが、森口はアリバイの証人に利用されていたと考えられなくもない。

「で、山森さんたちとはずっと一緒だったんですね？」

「そうです。麻雀を終えてからも、このロビーで一緒でした。たしかその途中であなたが見えたんでしたね？」

「そうなりますね」

森口のいうことが本当ならば、やはり山森氏を疑うのは無理だ。あたしは礼をいってその場を立ち去った。

部屋に戻るとライティング・デスクに向かい、あたしは全員の昨夜の行動を整理してみた。冬子は断じて事故や自殺ではない。そうなると誰かが嘘をついているとしか考えられないのだ。

まとめた結果は以下のようだった。

山森卓也、石倉佑介、森口、料理長――食後からずっと麻雀ルーム。森口のみ十時十五分頃施錠のために席を立つ。十時半より、全員ホールへ。

山森夫人、由美――十時前までロビー。その後部屋へ行き、由美だけがベッドに入って夫人は麻雀ルームへ。山森氏らと合流。これが十時頃。

竹本正彦、村山則子――九時半より少し前までホール。その後屋上に上がる。

金井三郎――九時半頃までホール。その後部屋へ行き、シャワーを浴びてから屋上に行く。それが十時少し前。竹本、村山と合流。

春村志津子――九時四十分頃までホール。夫人の頼みで外のようすを見にいく。帰ってから夫人と共に由美を部屋に連れていき、自分だけは屋上に上がる。それがちょうど十時頃らしい。竹本、村山、金井と合流。

おかしい。

この結果を改めて眺め直し、あたしは実に奇妙な現象に気づいた。その現象とは、関係者全員が十時になると申し合わせたように合流していることだった。合流地点は二つに分けられている。ひとつは麻雀ルーム、そしてもうひとつは屋上だ。しかもそのどちらにも、アリバイ証言をするにふさわしい第三者が混じっている。麻雀ルームの方には森口と料理長、屋上には竹本正彦がいるのだ。

これを偶然とは考えられなかった。何らかのトリックが仕組まれていて、その結果がこういう形になったとしか思えない。

問題はどういうトリックが仕組まれたのか、だ。

だがあたしは推理作家だというのに、そのトリックに関しては何もひらめいてこないのだった。

冬子、助けてよ――。

あたしは誰もいないベッドに向かって呟いた。

6

翌朝早く、あたしたちはY島を出発した。来た時と同様、波の少ない絶好のクルージング日和だった。

来た時と違うのは、皆の表情と船の速度だった。山森氏は明らかに急いでいた。東京に向かって一心不乱に舵をとっているという感じだ。あたしにはそれが、彼が一刻も早くY島から遠ざかりたがっている気持ちの表われのように思えてしかたがなかった。

乗客は無口だった。

来る時は景色に目を奪われていた人々も、キャビンに入ったままで殆ど外に出ようとしなかった。竹本正彦が時折姿を見せたが、その顔は憂鬱そうだった。

あたしは後部デッキに座って、昨夜に続いてトリックのことを考えていた。ひらめきは未だこなかった。来るような気もしなかった。

「気をつけなさいよ」

背後で声がしたので振り返ると、山森夫人が由美の手を取って上がってきた。由美は鍔のひろい麦わら帽子をかぶっていた。

「どうしたんだ?」

コックピットから山森氏が二人に声をかけた。

「由美が波の音を聞きたいっていうものだから」

と夫人が答えた。

「ふうん。いいじゃないか、椅子に座っていれば安全だろう」

「そう思うんだけれど……」

「好きにさせてやりなさい」

それでも夫人はしばらく迷っていたようだが、結局あたしの隣りの椅子に由美を腰かけさせた。夫人は何もいわなかったけれど、横にあたしがいるから大丈夫と思ったのだろう。もちろんあたしだって気をつけるつもりだ。

「じゃあ、立ち上がったりしないようにね。気分が悪くなったら、パパにいいなさい」

「はい、ママ。でも大丈夫よ」

娘の返答に少し安心したのか、夫人は何もいわずにまた降りていった。

少しの間、あたしたちは黙っていた。もしかしたら、あたしがここにいることを由美は知らないのかなとも思ったが、そうではなかった。その証拠に彼女の方から話しかけてきたのだ。

「海は好きですか？」

これがあたしに向けられたものだということを、咄嗟には認識できなかった。しかしあたし以外の人間がまわりにいないことを思いだして、

「ええ、好きよ」

と少し遅れて答えた。

「海って奇麗なんでしょう？」

「そうね」

とあたしはいった。「日本の海は汚れたっていわれるけれど、やっぱり奇麗ね。でもその時の気分にもよるわ。怖いと思うことも多いものよ」

「怖い？」

「そう。たとえば去年の事故の時なんか、怖いと思ったでしょ？」

「……はい」

彼女はうつむき、両手の指先を交わらせたりしていた。それで少し会話が途切れた。

「あの……」

と彼女はまた口をぎこちなく動かした。「萩尾さん……お気の毒でしたね」

あたしは彼女の白い横顔を見た。彼女がこんな台詞を吐くことが、なんだかとても不自然に感じられたからだった。

「由美さん」

とあたしは山森氏の方を気にしながら小声で呼びかけた。

「あなた、あたしに何か話したいことがあるんじゃない？」

「え……」

「そうでしょ？」

少し沈黙。それから彼女はゆっくりと深い呼吸をひとつした。

「あたし、誰に話していいかわからなくて……誰もあたしには何も訊かないし」

そうだったか、とあたしは自分の迂闊《うかつ》さを呪った。やはりこの目の不自由な少女にも当たってみるべきだったのだ。

「何か知ってるのね？」

とあたしは訊いた。

「いえ、知ってるってほどのことじゃないんです」

少女はしゃべりながらも、まだ何か躊躇しているようなところがあった。あたしはその気持ちがなんとなくわかるような気がした。

「大丈夫、何を聞いても大騒ぎしたりしないし、あなたから聞いたともいわないわ」

由美は小さく頷いた。少し安堵の色が見える。

「本当に……大したことじゃないかもしれないんです」

彼女は念を押すようにいった。「ただ、あたしが覚えていることと、皆さんがいっていることと、ちょっとだけ違うので気になっているんです」

「聞きたいわ」

あたしは身を乗りだした。横目で山森氏の方を見たが、彼は黙々と舵をとっている。

「じつは……志津子さんが宿を出られたあとのことなんです」

「ちょっと待ってね。志津子さんが宿を出た時というのは、由美さんが散歩できるような道があるかどうかを確かめにいった時のことね」

「そうです」

「そのあとに何かあったの？」

「ええ……そのあと、二回戸が開いたんです」

「二回？　戸？」

「玄関の戸です。音は殆どしなかったですけど、風が流れるからわかるんです。間違いなく、二回開きました」

「ちょっとストップ」

あたしは頭の中を整理するのに必死だった。彼女のいう意味がよくわからない。

「それは、志津子さんが出ていった時以外に二回という意味ね？」

「はい」

「で、その二回のうちの一回が、志津子さんが戻ってきた時なの？」

「いいえ違います。志津子さんが出ていったあと、二回玄関の戸が開いて、そのあとで志津子さんが戻ってきたんです」

「………」

　ということは二つのケースが考えられる。ひとつは誰かが出ていって、帰ってきたということ、そしてもうひとつは、誰か二人が相次いで宿を出たということ。

「その時由美さんのおかあさんは横にいたんでしょう？　するとおかあさんは、誰が戸を開けたのかは知っているわけね」

「いえ、それが……」

　由美は口ごもった。

「違うの？」

「……ママはたぶん、その時はそばにいなかったと思うんです」

「いなかったって？」

「ママは御手洗いに立っていて、その間のことなんです」

「ああ、なるほどね」

「ママがいない間に、玄関の戸が二回開いたんです」

「そういうこと……」

　自分が覚えていることと、皆のいっていることが違うといった意味がわかった。皆の意見を総合すれば、宿を一歩でも出たのは志津子さんだけということになる。由美の記憶と食い違うわけだ。

「その二回の間隔はどのくらいだったかしら？　ほんの数秒という感じ？」

「いえ」

　と彼女は小さく首を傾げた。「ジューク・ボックスの歌を、半分くらい聞けるぐらいの時間だったと思います」

　ということは、一、二分というところか……。

「その二回に違いはなかった？　たとえば戸を開ける勢いに差があるとか」

　あたしの質問に少女は眉を寄せて考えこんだ。無理なことを訊いているのは承知の上だった。誰だって、戸を開ける気配になんか興味はない。だが、もういいわ、とあたしがいいかけた時、

「そういえば」

　と彼女は顔を上げた。「二度目に戸が開いた時、かすかに煙草の臭いがしたと思います。一度目の時は、そんな臭いしなかったんです」

「煙草の臭い……」

あたしは由美の細い手を取った。彼女は少し身体を緊張させたようだ。

「わかったわ、話してくれてありがとう」

「役に立ちそうですか？」

「まだはっきりとはいえないけれど、たぶんとても役立つと思うわ。でもこのことをほかの人には話さないようにね」

「わかりました」

少女は小さく頷いた。

あたしは椅子に座り直し、広がる海に視線を戻した。船の後部から生み出される白いあぶくが、扇形に広がって、やがて海の中に溶けこんでいく。そんな情景を見ながら、頭の中で由美の言葉を何度も反芻《はんすう》した。

玄関の戸が二度開閉した——。

それは、誰か一人が戸を開けて外に出て、また戻ったのではない。由美の証言からもわかるように、初めに出たのは非喫煙者だ。そして二人目は喫煙者なのだ。二人の人間が、志津子さんのあとで宿を出ている。さらに、その二人が宿に戻ったのは、志津子さんよりも後なのだ。

では誰と誰か？

頭の中で、各人の言葉が渦巻いた。

陽の高いうちに船は到着した。昨日からずっと疲れきった表情を浮かべていた人々も、本州の地面を踏むと一様にほっとしたようだ。

「あの、あたしはここで失礼させていただきます」

荷物を受け取ると、あたしは山森氏にいった。彼は意外そうな顔をした。

「車をここに置いてあるんですよ。余裕がありますから、我々と一緒に都心まで出られたらいかがですか？」

「いえ、よそに寄る用があるものですから」

「そうですか。それなら無理にお誘いするのはやめましょう」

「すみません」

あたしは他の人々にも挨拶して回った。皆の対応には妙によそよそしいところがあった。あたしが立ち去ると知って、安堵しているようにも感じられる。

「ではこれで」

軽く会釈をして、あたしは彼等から離れた。一度も振り向かなかったが、彼等がどのような視線をあたしの背に浴びせているか、あたしにはわかるような気がした。

もちろん用があるというのは嘘だった。あたしはただ一刻も早く彼等と別れたかっただけだ。

由美の言葉から、あたしはついに一つの結論に到達していた。その結論を胸に秘めている以上、彼等とは一秒も一緒にいたくはなかった。

それはあまりに恐ろしく、そして悲しい結論だった。

第九章　もう何も起こらない

1

海から帰って一週間経った水曜日、冬子の部屋の片付けが行なわれた。

あたしにしてはかなり早起きして行ったつもりだが、彼女のお姉さん夫婦がすでに来ていて、掃除機をかけたり、荷作りを始めたりしていた。御夫婦とは葬式の時に言葉を交わしている。なぜあんな事故に遭ったのだろうと、お二人とも悲しみの中で首を傾げておられたが、無論あたしにうまく説明できるはずがなかった。

「何か欲しいものがあったらいってくださいね」

ダンボールに食器類を収めながら冬子のお姉さんはいった。これとよく似た台詞を以前にも聞いたことがある。川津雅之の部屋を掃除した時だ。あの時あたしは彼の使い古しのスケジュール表を貰って帰った。その中に山森という名を見つけ、あたしの追及が始まったのだった。

「本がいっぱいあるみたいですけど、必要なものはないですか？」

本棚の整理をしていた冬子のお義兄さんが声をかけてきた。お義兄さんは少し太っている上にとても優しい目をしておられるので、絵本の象を連想してしまう。

「いえ、結構です。あたしが必要な本は、すぐに彼女が貸してくれたものですから」

「そうですか」

お義兄さんは、ダンボールに本を詰める作業を再開した。

御夫婦にはこのようにいったが、あたしが冬子の持ち物に興味を持っていないわけではなかった。むしろ、今日こうしてやってきた最大の理由は、彼女の所持品を確かめるためだといってもよい。事件解決の重要な鍵となる、ある品物を探しにきているのだ。

だがそのことをお二人にいうわけにはいかなかった。第一、その品物が本当にこの部屋にあるかどうかもわからないのだ。

お姉さんが食器を、そしてお義兄さんが本を片付けている間に、あたしは洋服ダンスの整理をした。スーツがよく似合った彼女は、所有している数も大したものだった。

あたしの方が一段落したところで、休憩することになった。お姉さんが紅茶を入れてくれた。

「冬子さんとは、めったにお会いにならなかったそうですね」

あたしは二人に訊いた。

「ええ、特に妹はいつも忙しいみたいだったから」

お姉さんの方が答えた。

「最後に会われたのは、いつ頃ですか？」

「そうねえ……今年のお正月かしら。新年の挨拶に顔を出したっきり」

「毎年そんな感じだったんですか？」

「ええ、最近はそうでした」

「うちには僕の方の親もいないし、気を使うこともないと思ったんですがね」

冬子のお義兄さんの言葉には、ほんの少し自己弁護的な響きがこめられていた。

「冬子の親戚付き合いはどうだったんですか？　お葬式の時には、親戚の方が何人かお見えになっていたようですけど」

「いい方ではなかったですね」

とお姉さんはいった。「殆どない、といっていいぐらいじゃないかしら。冬子が就職した頃、頻繁にお見合いの話を持ち込まれましてね。あの子はそれが嫌で親戚が集まる場には出てこなくなったみたいです」

「冬子には恋人がいたんですか?」

「さあ、どうかしら」

と彼女は自分の夫と目を合わせて首を捻った。

「お見合いの話を断わる時の口実は、今は仕事に夢中だからということでしたけどね。むしろあなたにお伺いしたいわ。あの子にいい人がいた気配があったかどうか」

どうかしら、と彼女はあたしを見た。あたしは愛想笑いを浮かべ、力なく首をふった。

「そんな気配は全然なかったです」

やっぱりという顔をして冬子のお姉さんは頷いた。

それからしばらく雑談をして、あたしたちは再び作業に取りかかった。洋服ダンスの方が終わったので、あたしはクロゼットを整理することにした。クロゼットの中には、暖房器具や冬物衣料、それからテニス・ラケットやスキー靴といったものも収納されていた。

小型の電気ストーブを取り出すと、その向こうに小さな箱が置いてあった。木で出来た宝石箱だ。もっとも、本物の宝石を入れるには、あまりにも稚拙な箱だ。中学か高校の美術の授業で、冬子自身が彫刻刀を持って模様を刻んだ代物らしい。

あたしは手を伸ばしてそれを取ると、蓋を開けてみた。ゼンマイが巻かれていないのか、それとも機械が錆《さ》びついてしまっているのか、内蔵されているはずのオルゴールは鳴らなかった。

代わりにあたしの気を引いたのは、中に入っている紙包みだった。箱の中にはアクセサリーの類《たぐい》は何ひとつ入っていなくて、箱にピッタリ収まるぐらいの大きさの紙包みが入っていたのだった。

ある予感をあたしは感じた。

「あら、何かしらそれ？」

ちょうどこの時そばに来ていたお姉さんが、あたしの手元を見ていった。「油紙みたいね。何をそんなに厳重に包んであるのかしら？」

「さあ……」

あたしは逸《はや》る気を抑えながら、ゆっくりとその紙包みをほどいた。中から現われたのは、あたしが探していたものだった。

「へえ、あの子こんなものを大事にしていたのね」

冬子のお姉さんは屈託なくいう。あたしも平静を装っていたが、心の中は全く正反対だった。

「あの、これいただいてよろしいですか？」

あたしの言葉にお姉さんは軽い驚きを示した。

「これを？　どうせならもっとマシなものをお持ちになればいいのに」

「いえ、これがいいんです。よろしいですか？」

「それはかまいませんよ。でもどうしてこんなものを……」

「いいんです」

とあたしは答えた。「冬子もたぶん、あたしにこれを引き取ってもらいたいと思っているはずです」

2

八月がすでに終わろうとしていた——。

あたしは名古屋駅にいた。ひかり号を降りたところなのだ。

時計を見て、約束の時刻に充分余裕があることを確認してから歩きだした。ここから地下鉄に乗ることになっている。上に掲げてある表示板を見ながら歩いたが、新幹線の乗り場から地下鉄までは、ずいぶん歩かねばならなかった。

地下鉄は混んでいた。地下鉄というものは、どこでも混んでいるものらしい。全然知らない名前の駅が過ぎていく。あたしはメモを片手に、車内アナウンスに耳を傾けた。

目的の駅に着くと、そこからタクシーを拾った。バスもあるが、その方が早いしわかり易いといわれたのだ。たしかに知らない土地でバスに乗るというのは不安なものだ。

五分ほど走ってタクシーは止まった。ずいぶん坂道を上ってきたから、かなり高台にいることになる。すぐそばに山が迫ってきており、その手前に武家屋敷を連想させるような豪邸が建っていた。といってもただ老朽化しているのではない。よく見ると丁寧に修復された部分もある。

この家だな、とあたしはすぐに思った。そして表札を見て、それが正しかったことを確認した。あたしは深呼吸をひとつして、表札の下のインターホンのボタンを押した。

「はい」

と聞こえてきたのは、ずいぶん年老いた声だった。電話で聞いたのとは違う。家政婦さんか何かだろう。

あたしは名前を名乗り、東京から来た旨をしゃべった。しばらくお待ちくださいと声が消えて間もなく、玄関の開く音がした。

現われたのは五十ぐらいの女性だった。エプロンをつけていて、腰の低そうな印象を与える。彼女に連れられて邸内に入った。

通されたのは、やたら天井の高い応接間だった。年代物のソファが置いてあり、それ以上の年季を感じさせるテーブルもあった。壁には知らないおじいさんの肖像画がかけてある。たぶんこの家を成功に導いた人なのだろう。

毛足の長いカーペットに足の先をからませて遊んでいると、先程の家政婦さんが出てきてアイス・コーヒーを置いていった。彼女はなんだかとても緊張しているように見えた。もしかしたら、あたしがどういう用件で来たのかを知っているのかもしれない。

たしかに彼等にとってあたしは重大な来客のはずだった。

五分ほど待たされて、応接間のドアが開いた。薄紫色の服を着た、顔も身体も細い女性が姿を見せた。先程の家政婦さんと同じぐらいの年齢と思われたが、表情と態度はだいぶ違う。この婦人が、あたしが電話で話した相手だとすぐにわかった。

婦人はあたしの向かいに腰を下ろし、膝の上で掌を組んだ。

「娘は、どこにいるのですか？」

それが彼女の第一声だった。

「今すぐには申し上げられません」

あたしは答えた。婦人の眉がぴくりと動いたような気がした。

「電話でもお話ししました通り、お嬢さんは、ある事件に関係しておられます」

婦人は無言。あたしの顔を凝視している。あたしは続けることにした。

「その事件が解決するまでは、お嬢さんの居場所をお教えするわけにはいかないんです」

「その事件というのは、いつ解決するんですか？」

あたしはちょっと考えてから、

「間もなくです」

と答えた。

「間もなく解決します。そのためには、お嬢さんのことについて少し教えていただかなければなりません」

婦人はしばらく黙っていたが、やがて何かを思いだしたような顔をした。

「娘の写真は持ってきていただけましたか？　電話でお願いしたはずですけれど」

「持ってきました。あまり上手にはとれていないんですけど」

あたしはバッグから写真を出して、婦人の前に置いた。彼女はその写真を手に取ると、ごくりと唾を飲みこんだようだった。そして一度大きく頷くと、写真をテーブルの上に戻した。

「間違いないようですね」

と彼女はいった。「間違いなく娘です。少し痩せているようですが」

「苦労は多かったみたいですよ」

とあたしはいった。

「ひとつお訊きしたいんですけど」

婦人が改まった口調でいった。あたしは彼女の顔を見た。

「あなたがおっしゃる事件というのは、どういうものなんですか？　私にはさっぱりわからないんですけど」

あたしはうつむいた。どう説明するべきか迷ったのだ。だがこの質問を予期していなかったわけではなかった。そしてその時の答えも用意はしてあったのだ。

あたしは顔を上げた。婦人と目が合ったが、そらすわけにはいかなかった。

「じつは……殺人事件なんです」

「……………」

「お嬢さんは殺人事件に関係しておられるのです」

そうしてまた、少しばかり時間が過ぎた。

3

名古屋から新幹線に乗って帰り、東京駅に着いたのが午後九時を少し回った頃だった。あたしは一刻も早く自分の部屋に帰りたい心境だったが、そういうわけにはいかなかった。名古屋から電話をかけて、今夜ある人と会う約束をしたからだった。

約束の時刻は十時だった。

東京駅の近くにある喫茶店に入り、なんだか乾いたサンドウィッチをコーヒーで流しこみながら時間をつぶした。そしてこれまでの出来事を反復した。

あたしはほぼ真相に近い物をつかんでいるという確信を得ていた。だがもちろん、すべて解決したわけではない。むしろ一番肝心な部分だけが脱落していた。あたしはそれを推理で解くことはもう不可能だということに気づいていた。推理には限界があるのだ。それにあたしは特別な人間でもない。

コーヒーをおかわりし、外の景色を眺めてから席を立った。夜が迫ってきて、それとともに、言葉ではいい表わし難い悲しみが襲ってきた。

ヤマモリ・スポーツプラザの前に着いたのは十時少し前だった。建物を見上げると、もう殆どの窓の灯りは消えている。残っているのは、二階の一部だけだった。そこがアスレチック・ジムにあたることに、あたしは気づいていた。

ビルの前で五、六分待つと、ちょうど十時になった。正面玄関の脇にある、従業員通用口と書かれたガラス戸を押すと簡単に開いた。一階は常夜灯がついているだけだ。エレベータも使えるようだったが、あたしは階段を選んだ。

アスレチック・ジムはがらんとしていた。さまざまな器具が、動かされずにずらりと並んでいるようすは、何かの工場を連想させた。実際のところ大差ないのかもしれないと、全然関係のないことを考えてみたりする。

あたしが待ち合わせた相手は、窓際の椅子に腰かけて文庫本を読んでいた。あたしが近づいていくと、その気配を感じたらしく顔を上げた。

「お待ちしてました」

と彼女はいった。いつもの微笑みが唇に浮かんでいる。

「こんばんは、志津子さん」

とあたしはいった。「それとも……古沢靖子さんといった方がいい?」

彼女の微笑みが一瞬だけ中断したような気がした。だけどそれは本当に一瞬のことで、すぐに同じ表情のまま首をふっていた。

「いいえ、春村志津子で結構です」

と志津子さんはいった。「だってこちらが本名なんですから。御存知なんでしょう?」

「ええ」

「だったら」

そういって彼女は椅子を勧めてくれた。あたしはそこに腰を下ろした。

「今日、名古屋に行ってきたのよ」

あたしがいうと、彼女は目を伏せて文庫本を捻るような動作をした。

「そうかもしれないと思っていました。今日お電話をいただいた時から」

「どうして?」

「さあ……なんとなくです」

「そう」

あたしもつい目を伏せてしまった。何をどういうふうに切りだせばいいのか、わからなかった。

「あの……どうしてあたしの実家のことを?」

彼女が訊いた。あたしはなんだか救われたような気分になった。

「あなたのことを調べようとしたのよ」

とあたしはいった。顔を上げると、もう彼女の表情に微笑みは残っていなかった。

「でも簡単にはわからなかったわ。住民登録もしていないのね」

「はい。書類上では、あたしはまだ名古屋の実家に住んでいることになっているんです」

「そのようね。それで、あまり大っぴらにあなたのことを調べたくなかったから、ずいぶん苦労したわ」

「そうでしょうね」

彼女は静かにいった。

「じつをいうと、金井三郎さんのセンから追ったのよ。彼の履歴を当たるのは意外に簡単だったわ。戸籍を調べて実家に行ってみたの。そこで彼の学生時代の友人の名を何人か教えてもらって、その人たちに当たってみたのよ。あたしが訊いたことはひとつ、古沢靖子か春村志津子という名前に心当たりはないかということよ。これはあたしの勘だったけど、あなたと金井さんとは学生時代からの付き合いだろうと思ったわけ」

「それで、あたしの名前を覚えている人がいたんですね?」

「ひとりいたわ」

とあたしはいった。「金井さんと同じゼミだったという人よ。その人の話では、四年の大学祭の時に金井さんがガールフレンドを連れていて、紹介してもらったところ春村興産の社長の娘だと聞いて驚かされたということだったわ」

「……それで実家がわかっちゃったんですね」

「正直いって、この時はラッキーだと思ったわ。あなたのことを覚えている人がいても、実家まではわからないと思ったもの。それが春村興産の社長宅となれば、あとは電話帳があれば充分だった」

「それで、実家に電話したんですね」

「ええ」

「母、驚いていたでしょうね」

「……そうね」

たしかに春村社長夫人は驚いていた。お嬢さんのことでお話があるといった時、志津子はどこにいるんですか、と責めるような口調で尋ねてきたのだった。

——やはりお嬢さんは家出をされていたのですね？

夫人の問いかけに対して、あたしはこう尋ねてみた。これに対する返答は得られなかった。代わりに、

——あなたはいったい何者なんですか？　志津子の居場所を知っているなら、早く教

えてください
と、さらに問いつめられただけだった。

――わけあって今すぐにはお教えできないんです。ただ、いずれ必ずお話しいたしますから、なぜお嬢さんが家出されたのかを教えていただけませんか？

――そんなこと、見ず知らずのあなたに教えられるはずがないでしょう。それにあなたが本当に志津子の居場所を知っているという保証もありませんしね
志津子さんの母上は、多分に懐疑的になっておられるようだった。やむなくあたしはいった。

――じつは志津子さんはある事件に関係しておられるのです。それを解決するには、どうしても志津子さんのことを知る必要があるんです
事件、という響きはなかなか効果的らしかった。あるいはこれでもまだ拒絶されるかと思ったのだが、夫人は直接会って話すことを条件に承諾してくれた。

「それで今日、名古屋に行ってきたんですね？」

志津子さんが訊いた。あたしは頷いた。

「そうして母から、なぜあたしが家出したかをお聞きになったんですね？」

「そうよ」

今度は志津子さんが頷いた。
――おとしから去年にかけて、志津子をアメリカに留学させました。外国生活に慣れさせるというのが私たちの目的でした
夫人は淡々とした口調で話し始めたのだった。
――じつは某保険会社社長の甥《おい》に当たる方との縁談話が進んでいたんです。その方がいずれニューヨーク支社に行かれるだろうということで、志津子にその予行演習をさせたわけです
――でも志津子さん自身はそんな背景は知らなかったし、別に好きな人がいたというわけですね？
あたしの言葉に夫人は苦しそうな顔をした。
――もっと話し合うべきでしたが、夫も娘もお互いの意見を聞こうとしません。それでしまいに、志津子は家を出てしまいました
――お探しになったんでしょうね
――探しました。でも世間体を考えて、警察沙汰にはしませんでした。今もあの子は海外に行っていることになっています
「あなたを連れだしたのは金井三郎さんね？」

あたしが尋ねると、

「そうです」

と志津子さんは答えた。

「そして二人で東京へ来たのね。何の当てもなく」

「いいえ、当てはありました」

彼女はゆっくりとした動作で文庫本を丸めたり、ひろげたりした。

「あたしがアメリカにいる時、向こうで知りあった日本人の方が東京におられたのです。その方を訪ねることにしたんです」

「その日本人というのが竹本幸裕さんだったのね」

「……そうです」

文庫本を握る彼女の手に、ぐっと力が入ったように見えた。

「竹本さんは、山森社長に三郎さんを紹介してくださいました。それでここで働くことになったんです。それが去年のはじめの頃です」

「その頃、まだあなたはここで働いていなかったのね？」

「ええ」

「住む所はどうしたの？」

「それも竹本さんがお世話してくださいました。あの方の知り合いが海外に行っておられるとかで、その人の部屋を借りたんです」

「もしかして、その部屋の持ち主が……」

「ええ」

と志津子さんは軽く瞼を閉じた。「古沢靖子さんという人です。きちんとした身分証明をしなければいけない時なんかは、古沢さんが置いていかれた保険証なんかを使わせていただいてたんです。だから事故に遭った時も、事情聴取ではその人の名前を使ったんです。本名をいうと、実家にわかってしまうと思ったから……」

なるほどそういうことだったか。

「クルージング・ツアーに参加したのは、三郎さんに誘われたから？」

「そうです。東京に来てからあたしはずっと部屋に閉じこもりっきりで、少し気がめいっていたものですから、三郎さんが気分転換に勧めてくれたんです。それに竹本さんも行くという話だったので、それなら心強いかなとも思いました」

「なるほどね」

あたしは納得して頷いた。「そんなふうに役者が揃って、そうして事故が起きたのね」

彼女は黙ったまま、しばらく自分の手元を見つめていた。あたしは逆に視線を上げた。

蛾が一匹、蛍光灯のところで飛びまわっていた。

「教えていただきたいことがあるんです」

やがて彼女が口を開いた。

「なぜあなたは、あたしが怪しいと思ったのですか？」

あたしは彼女を見た。彼女もあたしの目を見ていた。恐ろしく長い時間が過ぎた。

「話の順序が逆になったわね」

あたしは吐息をついた。「もっと早く結論をいうべきだったわ。でも怖かったのよ」

彼女は少しほほ笑んだように見えた。

あたしは続けた。

「犯人は……冬子だったのね？」

暗い沈黙が襲う。息がつまった。

「川津さんも新里さんも坂上さんも、全部冬子が殺したのね？」

あたしは繰り返した。悲しみがどこからか急速に湧きあがってきて、耳の先まで熱くした。

「そうです」

志津子さんは静かに答えた。「そしてあの方を、あたしたちが殺したのです」

4

「事件を解く鍵になったのは、由美さんの話だったわ」

あたしはY島からの帰りに、彼女から聞かされた話をした。つまり例の、志津子さんが出ていった後で玄関の戸が二回開いたという話だ。

「そうだったんですか」

志津子さんは意外そうな、そしてどこか諦めたような目をしていった。

「由美さんは目が見えないから気づかないだろうと思っていたんですけど……。やっぱりこういうことというのは、どこかに破綻《はたん》が出るものなんですね」

「あなたの後から誰が宿を出たのか、それを考えてみたの」

あたしはいった。「由美さんの話では、一度目は感じなかったけれど、二度目に戸が開いた時に煙草の臭いがしたということだったわ。つまり、最初に出ていったのは煙草を吸わない人で、二人目は煙草を吸う人だということね。まず煙草を吸う人だけど、山森社長、石倉さん、金井さんが該当するわね。この中で山森さんと石倉さんは麻雀ルームにいたことがはっきりしているから除外できるわ。となると、金井三郎さんしか残らないことになるの」

志津子さんは黙っていた。黙っていることが返答なのだとあたしは解釈した。

「問題は吸わない人だったわ。誰もが必ず誰かと一緒にいて、抜けだす隙なんてなかったはずなのよ。じゃあその証言の方に偽りがあったのかしら? あたしは皆の話をひとつひとつチェックしてみた。そのうちに、ある一人の証言が気になりだしたの。この証言は真実なのかってね」

志津子さんは相変わらず口を閉じたままだった。成り行きを見つめるように、あたしの顔に目を向けている。

「その証言というのは、あたし自身のものだったの」

ゆっくりと咬みしめながら、あたしはいった。

「冬子と一緒にベッドにもぐりこんだのが十時頃——あたしはこのことを信じ続けていたわ。でも信じる根拠なんてどこにもない。確かなことは、ベッドに入った時に目覚まし時計が十時を差しているのを見たというだけのことなのよ」

志津子さんはあたしの言葉の意味を考えていたようだが、やがて何かに思いあたったように息を飲んだ。

「冬子さんが、その目覚まし時計に細工をしたんですね?」

あたしは頷いた。

「その可能性があることに気づいたのよ。あたしはふだん腕時計をしないから、時刻を知る手だては部屋に備えつけの目覚まし時計しかなかったわ。だから、その時計を少し進ませたり遅らせたりするだけで、あたしの時刻に関する感覚を簡単に狂わせることができるのよ。しかも、冬子があの時計に細工する隙はいくらでもあったわ。彼女が部屋に戻った時にあたしはシャワーを浴びていたし、その後もあたしは仕事に夢中になって、しばしば時間の経つのを忘れたぐらいだから。もしそういう隙に彼女が時計を三十分ぐらい進ませたりしていたのだとすると、ベッドに入ったのは十時じゃなくて、九時半頃ということになるわね」

それに、あたしには思いあたることがあった。ふだん不規則な生活をしているあたしが、あの日にかぎってやたら眠く、考えられないような早い時刻にすんなりと眠りに入ったことだ。あの前に冬子はオレンジ・ジュースを御馳走してくれている。おそらくあのジュースの中に睡眠薬が入っていたのではないだろうか。

あたしはここで一息つき、唾を飲んでから続けた。

「だけど問題はあるわ。時計が九時四十分を差した頃、冬子が窓から外を見て、『志津子さんが出ていく』といったことよ。もし時計を三十分ほど進めてあったのなら、それは実際には九時十分頃になるわけよね。だけど、あなたが宿を出たのは本当に九時四十分だから、そこに矛盾が出来てしまう。その矛盾を解決する説明はひとつしかないわ。つまり冬子は、その時刻になったらあなたが宿を出ることを前もって知っていたのよ。じゃあ、なぜそんなことを知っていたのか？　また、なぜ彼女は時計を狂わせたりしたのか？　時計を狂わせるなんていったら、古い探偵小説のアリバイ作りを思いだしてしまうわね。とすると、彼女にはそういうアリバイ工作をする必要があったのかしら？」

志津子さんはしゃべらない。彼女は真相を知っているのだ。

「考えられることは、ひとつしかなかったわ。冬子は九時四十分頃に宿の外であなたと会う約束をしていたのよ。そうして、あなたを殺すつもりだった。時計の細工は今もいったように、アリバイ工作だったわけね」

冬子の計画を推理してみる。

彼女はホールで遊んでいる途中、志津子さんに耳うちする。話したいことがあるから、九時四十分ぐらいに宿の裏で待っている——という程度の内容ではないだろうか。

約束を終えた冬子は、急いで部屋に戻って時計の細工をすることにした。隙を見て、三十分ほど進めるのだ。そして時計が九時四十分を差した時に、志津子さんの姿を見たといっておく。

睡眠薬を混ぜたジュースをあたしに飲ませる。

時計が十時のとき（じつは九時半）、ベッドに入る。あたしはすぐに眠ってしまう。

冬子はベッドを抜け出て、時計の針を元に戻し、誰にも見られないよう気を配りながら宿を出る。ロビーには由美がいたはずだが、大丈夫だと思ったのだろう。

志津子さんを殺したのち、再びこっそりと部屋に戻る。そしてあたしを起こすなりして、十時以降のアリバイを作る。その場合、あたしは実際には三十分以上眠っているのだが、少ししか眠っていないものと錯覚しただろう。

やがて志津子さんの死体が見つかったとする。たぶん今回と同じような展開になっただろう。つまり全員のアリバイの確認がなされるわけだ。その時に冬子はいうだろう。ずっとあたしと一緒だった、と。そしてあたしはそれを証言する。

九時四十分に志津子さんが宿を出ていくところを見ていた者がいたりしたら、さらに好都合だ。冬子もそれを見ていたということで、あの時計が狂っていなかったことの証明になる。

もし彼女の計画が成功していたなら――あたしは今も謎の渦中にいたかもしれない。

「でも冬子の計画は失敗したわ」

あたしはいった。「あなたと冬子が会うことを知っていた金井さんが、待ちあわせ場所に行ったのよ。そして冬子があなたを殺そうとする時に現われて、逆に彼女を崖から突き落とした……」

「おっしゃる通りです」

と志津子さんは答えた。「時計のことはあたしには何ともいえません。あたしたちも、萩尾さんが十時まで部屋にいたというあなたの証言を聞いて、ちょっと驚いたぐらいなんですから。そして……冬子さんが、あたしを殺そうとしていたことは事実です」

予想した答えだったが、それでもやはり足元が抜けたような絶望感があたしを襲った。心のどこかで、志津子さんが否定してくれることを期待していたのだ。だがその淡い期待もすべて消えた。

「なぜそんなことになってしまったのか、という点について話をしましょう」

あたしは何とか心を落ち着けようと努力していった。

「冬子は……竹本幸裕さんの恋人だったのね」

「……」

「わかっているのよ」

あたしはバッグから、紙包みを取り出した。先日冬子の部屋を掃除している時に見つけたものだ。

包みをとき、その中のものを志津子さんに見せた。

「見覚えある？」

とあたしは訊いた。志津子さんは首をふった。

「竹本幸裕さんが去年の旅行の時に身につけていたもので、唯一回収されたものよ。竹本さんの部屋に置いてあったのを、冬子が勝手に持ち出したの」

志津子さんは目を見張った。

それは錆びついたスキットルだった。

5

「教えてほしいの」

とあたしはいった。「無人島で何があったのかを。結局それがわからないことには、一歩も前には進めないのよ」

志津子さんは文庫本を傍らに置き、掌をこすり合わせた。彼女は明らかに迷っていた。

「あたしが知っていることは次のようなことよ。船が事故に遭って、全員が近くの島に向かった。だけど一人の男性だけは到達できなかった。その男性を『彼』と呼ぶ女性が、皆に助けを乞うたけれども、その要求を聞き入れてはもらえなかった——由美さんから聞いた話よ」

彼女の顔色を見ながらあたしはしゃべった。だけど彼女の顔色に、顕著な変化は見られなかった。

「あたしは、その時の女性が、死んだ男性の復讐をするために人殺しを続けているのだと考えていたの。でもじつはそんな単純な構造ではなかったのね」

「ええ」

と、ここでようやく志津子さんが答えた。

「そんな単純な話ではなかったんです」

「あたしには想像もつかないわ」

とあたしはいった。「でも重要な鍵だけは持っているのよ。その鍵は、竹本さん自身が残したのよ」

あたしは手にしていたスキットルの蓋を開け、逆さにして軽く振った。中から出てきたのは、細長く丸めた紙きれだった。それを広げると、細かい文字で何かが書いてある。少し滲んでいるが、判読は可能だ。

スキットルを見つけた時もショックだったが、この紙きれを発見した時の驚きの方がさらに大きかった。

「読んでみると、これは事故の時の模様を書き記したメモだということがわかるわ。たぶん彼は帰ってから記事にまとめるつもりだったのね。スキットルに入れたのは、濡れないようにという配慮だったのよ。そのメモの中で特に重要な部分がここよ。『山森、正枝、由美、村山、坂上、川津、新里、石倉、春村、竹本が無人島に到達する。金井が遅れる』――このメモから察するところでは、無人島に泳ぎつけなかったのは竹本さんではないわね。辿りつけなかったのは金井三郎さんだったのよ。そして、彼を助けてくれと叫んでいたのは志津子さんだったのね。あたしはこのメモから、古沢靖子などという女性は参加していないことも知ったのよ」

「それであたしのことをお調べになったのですね？」

彼女の問いに、あたしは頷いた。

「実際に死にかけていたのが金井さんで、春村さんが皆に助けを求めた。だけど誰も腰を上げてくれなかった――こういう事件があって、それからどう展開すれば、竹本さんが死ぬという結果になるのかがわからなかったの。そこであなたの過去を調べることで、何かを掴もうとしたのよ。でも結局何もわからなかったわ。わかったのは、恋を貫いて家出しちゃったということだけ」

「……そうでしょうね」

と彼女は小さな声でいった。

「だけどあたしなりに想像してみたわ。あの日無人島で何があったのかを。その『何か』のせいで、金井さんの代わりに竹本さんが死に、その『何か』を関係者全員が隠そうとしているとなれば、なんとなく想像がつくのよね」

あたしは彼女の目をまっすぐに見て、それからいった。

「誰もが尻ごみするのを横目に、竹本さんは金井さんを助けに行ったのね。そして無事救出を終えた竹本さんは、傍観を決めこんでいた他の人を罵《ののし》った。このことはすべて活字にして発表する、とでもいったんじゃないかしら。そのうちに他の誰かと争いになり……その誰かは彼を殺してしまった」

血の気を失った志津子さんの唇が、小刻みに震えだすのがわかった。あたしは内心の興奮を抑えながら話を継ぐ。

「その事実を隠すことに、その場の全員が賛成した。あなた方にしてみれば竹本さんは恩人のはずだけど、世話になっている山森氏の命令には背けなかった……違うかしら？」

志津子さんは静かにため息をついた。そして何度か瞬きをして、両手で頬を覆った。

彼女は何かと葛藤《かっとう》しているのだ。

「しかたがないね」

ふいにあたしの背後で声がした。振り返ってみると、金井三郎がゆっくりとした歩調で近づいてきていた。

「しかたがないよ」

と彼はもう一度いった。彼は志津子さんにいっているのだった。

「三郎さん……」

金井三郎は志津子さんの横に行き、彼女の肩をそっと抱いた。そして首だけをあたしの方に回した。

「お話ししますよ、何もかも」

「三郎さん」

「いいんだ。この方がいいんだよ」

彼は彼女の肩を抱く手に力をこめたようだった。目はあたしを見たままだ。

「お話しします。たしかにあなたの推理は見事ですけど、間違っている部分も多いですしね」

彼はいった。あたしは黙って顎を引いた。

「発端はじつにお粗末な話です」

と彼は前置きした。「船から脱出する時、僕はどこかで頭を強く打ったらしく、そのまま気を失ってしまったのです」

「気を失う？　海の上で？」

「そうです。私はライフ・ジャケットを着ていたおかげで、木の葉のように浮いてはいたようです。それに気を失っている時は水を飲みませんからね」

そういう話を聞いたことは、ある。

「ほかの人たちは、全員無人島に到着しました。志津子はその時はじめて、僕がいないことに気づいたそうです。あわてて海に目を戻したところ、僕らしき影が波にもまれて漂っていたのだということです」

「すごく、びっくりしました」

志津子さんがその時の衝撃を咬みしめるようにいった。よく見ると、彼女は彼の腕の中で震えているようだった。

「あたしはあわてて周りにいた人たちに声をかけました。彼を助けてくださいって」

あたしは合点して頷いた。由美が聞いた声とは、この時のものだったのだ。

「でも誰も助けに行ってくれなかったんでしょう？」

由美の言葉を思いだしながら、あたしはいった。志津子さんはちょっと考えてから、

「波は高かったし、天候はひどかったし、誰もが尻込みする気持ちはわかりました」

といった。「あたしにしても、自分で海に飛びこんでいく勇気はなかったんです」

「もし僕が逆の立場だとしても」

金井三郎が重そうに口を動かした。「真っすぐに向かっていけたかどうか、自信はありません」

難しい問題だ、とあたしは思った。容易に答えが出そうにはない。

「絶望的な気持ちになっている時、『自分が行ってやる』と立ち上がってくれた人がいました。それがあなたがおっしゃる通り、竹本さんでした」

やはり、とあたしは思った。由美はこの場面を知らずに気を失ってしまったのだ。

「ただ竹本さんは、単に正義感だけで海に飛びこむ人ではありませんでした。自分は命を賭けるのだから、それなりの報酬が欲しいといいました」

「報酬？」

「彼女の肉体です」

と答えたのは、金井三郎だった。「彼はアメリカにいる時から志津子に好意を持っていたようです。それは僕も薄々感付いてはいたんです。でも彼は強引に手を出したりは

しませんでした。彼にも恋人がいるという話でしたし……。しかし彼は、あの局面でそういう条件を出したそうです」

あたしは志津子さんを見た。

「それで、どうしたの？」

「あたしが返答する前に、話を聞いていた川津さんがいいました。こんな時に報酬を要求するなんて、君はそれでも人間か……と。すると竹本さんは、おまえに俺の気持ちがわかるものか、何もしない者は何をいう権利もないって答えたんです。それで川津さんは、三郎さんを助けるようにほかの人に頼みました。御自分は足を怪我しておられたから……」

「でも誰も彼の頼みを聞いてはくれなかったのね」

「ええ」

と志津子さんは弱々しく答えた。「みんな顔をそらしていました。自分が足を怪我しているからそんなことをいえるんだ、というような意味のことをしゃべっている人もいました」

「それで結局、あなたは竹本さんの条件を飲むことにしたのね？」

彼女は頷く代わりに、そっと瞼を閉じた。

「その時のあたしは、とにかく彼を助けてもらうことが先決だったんです」

「それで竹本さんは海に飛びこんだのね。そうして見事金井さんを助けた……」

「その通りです」

と金井三郎は答えた。「気がついた時、僕は土の上で横たわっていました。僕にはなぜ自分がそんな場所にいるのかもわからなかった。はっきりしていることは、助かったということだけです。まわりに目をやると、ほかの人も横たわっていました。僕は志津子の行方を尋ねました。最初、誰も口ごもって教えてくれませんでした。そのうちに川津さんが、竹本さんと志津子の取り引きのことを教えてくれたんです。そして、なんとか竹本さんに諦めてもらうよう説得してみてはどうか、と川津さんはおっしゃいました。それで僕はあわてて彼等を探しまわりました。そうして少し離れた岩陰に、彼と志津子を見つけたんです。竹本さんは彼女の肩を摑み、彼女を襲っているように見えました」

横で聞いている志津子さんの目から涙がこぼれた。その水滴は白い頰を伝わって、彼女の掌の上に落ちた。

「あの時は……襲われていたわけではないんです」

彼女は細い声でいった。

「あの時竹本さんは、三郎さんの気がつくまでに、今度会う約束をしておこうとあたしにいっただけだったんです。でもあたしは、その時になって決心が鈍っていました。お金なら何とかするから、先程の約束のことは忘れてほしいと彼にいいました。だけど……彼は納得しませんでした。約束したじゃないか、たった一晩だけ付き合ってくれれば、決して君の前には現われないからと、あたしの肩を摑んで強くいってきたんです」

彼女はここで自分の恋人に目を向けた。恋人の方は辛そうに顔を伏せていたが、やがて大きく息を吸い、

「でも僕には、彼が彼女を襲っているようにしか見えなかった。川津さんからあんな話を聞かされたあとだったから」

といった。

「やめろ――そういって僕は力いっぱい彼を突きとばしました。彼はバランスを崩し……近くの岩場に頭を打ちつけて、そのまま動かなくなりました」

金井三郎はその時のことを思いだすように、自分の両手に視線を落とした。

「しばらくはそうして……ぐったりとした彼を見下ろしていました。志津子も咄嗟には事態を把握できなかったとみえて、ぼんやりとした目をしていました」

救いがない話だ、とあたしは思った。

「事態がわかったのは、いつの間にかそばにやってきていた山森社長が、竹本さんの脈

を取ったのちに首をふった時でした。僕と志津子は喚《わめ》き合いました。喚いた後は泣きました。喚いても泣いてもしかたがない——そう思って自首を決意した時、山森社長がいいました」

「自首を止めたのね？」

歯をくいしばったような顔で、彼は頷いた。

「竹本は卑劣な男だ、と社長はいいました。弱みにつけこんで肉体を要求するなど、最低の人間のすることだ。君のやったことは恋人を守るための行為であり、自首などする必要はない——と」

「それで山森氏は、死体を始末することを提案したわけね」

「そうです」

彼がいうと、志津子さんも首を深くうなだれた。

「社長はほかの人にも同意を求めました。竹本さんの卑劣さと、僕の行為の正当性を主張したのです」

「その結果、全員が山森氏に同意したのね？」

「同意しました。皆が口々に竹本さんのことを非難しました。ただ一人、川津さんだけは、志津子の貞操を守るための正当防衛を主張できないかと提案されました。でもほかの全員に却下されました」

その時の状況が、あたしには手にとるようにわかるような気がした。

事件が明るみに出れば、当然金井三郎が死にかけていたことにも話が及ぶ。そうすると、竹本以外の誰かがなぜ助けに行かなかったのかということになるだろう。ほかの者はいったい何をしていたのだ、と。そんなことになれば、世間から非難の目で見られることは間違いがない。

つまりこれは暗黙の取り引きなのだ。金井三郎を見殺しにしようとしたことを隠蔽《いんぺい》するのと引き換えに、金井が竹本を殺してしまったことを隠すというわけだ。

「こうして僕たちの意見は、死体を始末するということに決定しました。始末するといっても、何か特別な細工をするわけではありません。そのまま海にほうりこむだけでいいのです。死体が見つからなければ一番いいのですが、もし見つかったとしても、あのあたりは岩場も多かったし、泳いでいるうちに波にもまれて頭を打ったのだと推測されると考えました」

そしてどうやら彼等の狙い通りにことは進んだらしい。ただひとつの誤算といえば、竹本幸裕のスキットルが波に流されなかったことだ。

「救出されてから、海上保安本部で事情聴取されたと思うけれど、その時も全員の口裏を合わせておいたわけね」

「その通りです。ついでに彼女の名前も、古沢靖子で通すように皆に頼んでおきました」

「なるほどね」

「事故からしばらくは様子を見ていましたが、僕たちの工作が見破られた気配はありませんでした。それで少しして、志津子もスポーツプラザで働かせてもらうことになり、アパートも替わることにしました。アパートといえば、本物の古沢靖子さんも海外から帰ってから、どこかに引っ越されたんです。これで殆ど完全に真相は闇に葬られたと確信しました。すべてがうまくいったと思ったんです」

たしかにすべてがうまくいっていた。だがじつは意外なところに落とし穴があったのだ。

「でもそうではなかったのね」

「はい」

ずっしりと重い声を金井三郎は出した。

「今年の六月頃です。川津さんが山森社長のところに相談に見えました。旅行中にマンションの部屋に忍びこんだ者がいるらしい、という話でした」

「部屋に？」

「ええ。そしてこれが肝心な点ですが、資料を盗み読まれた形跡があるらしいということだったんです」

「資料というと……無人島でのことを書き残したもの？」

金井三郎は頷いた。

「川津さんはずっと良心の呵責《かしやく》を感じておられたらしく、いつかは公表して世間の審判を仰ぎたいというようなことをおっしゃってました。山森社長は、早く燃やしてしまえと怒っておられましたが」

「その資料を何者かに盗み見された、というのね？」

「そうです」

「で、その犯人は冬子だったというわけね」

「おそらく」

物語の輪郭がつかめてきた。

山森たちの工作は、たしかにうまくいっていた。だがじつは意外なところに落とし穴があったのだ。竹本幸裕が身につけていたスキットルの中から、彼が書いたメモが出てきたのだ。そしてそれを見つけたのが、彼の恋人の萩尾冬子だった。彼女は死んだ恋人の部屋を掃除している最中に、それらを見つけたのだろう。

この後の冬子の思いが、あたしには手にとるようにわかるような気がする。

冬子は竹本幸裕のメモから、彼の死に疑問を抱いたのだ。無人島に到達していたはずの彼が、なぜ死ななければならなかったのか？　そして、なぜ誰もが嘘をつくのか？

この疑問を解決する答えはひとつしかない。彼の死は人為的なものであり、ほかの人間全員がこれに関係している――。

冬子のことだから、真相を究明するために様々な調査をしたに違いない。だがおそらく関係者のガードは固かっただろう。そこで彼女はその中の一人に直接当たることにした。それが川津雅之だったのだ。出版関係者という立場上、彼に接近するのは難しくない。なんとか親しくなって、無人島での真相を聞き出そうとしたのではないか。

ところが彼と親しくなったのは、彼女ではなくあたしの方だった。彼女にとって最大の誤算だったと思うが、それでもその状況を最大限生かそうとした。つまり、あたしと雅之が旅行している間に、彼の部屋に忍びこんだのだ。合鍵は、常にあたしが持っているものから型を取るなりすればいいし、旅行の日程も簡単に把握できたはずだ。

こうして彼女は無人島での出来事を知り、復讐することを思いたったのだ。

「しばらくして、川津さんがまた山森社長のところに来て、話していかれました。命を狙われているようだ、というのがその内容でした。しかも、ただ命を狙われただけではないそうです。そのあとに必ず手紙が送られてくるんだそうです」

「手紙？」

「そうです。白い便箋に、11文字だけワープロで書いてあるんです。文面は、『無人島より殺意をこめて』――でした」

無人島より殺意をこめて――。

「本当に震えました」

その時の寒気を反芻するように、金井三郎は自分の腕をさすった。

「誰かが僕たちの秘密を知っているんです。そしてその人は僕たちに復讐しようとしている」

殺意をこめて……か。

そういう予告をすることで、彼等に恐怖心を植え付けることが狙いだったのだろう。

「川津さんの殺され方は、その執念をはっきりと表わしていました」

まだ腕をこすりながら、金井はいった。

「新聞によると、毒によってすでに死んでいるうえに、わざわざ後頭部を殴ったのち港に捨ててあったそうですね。それはたぶん竹本さんの死をイメージさせるための演出だったと思います」

「演出……」

あの冬子が……。いつも冷静で、優しい笑顔を絶やすことがなかった冬子が……。

だけど全く考えられないことでもない、とあたしは思い直した。彼女はいつも自分の内で、メラメラと何かを燃やしているようなところがあったのだ。

「もちろんその時点では、僕たちには犯人がわかりませんでした。とにかくまずすべきことは、川津さんが書き残していると思われる事故の時の記録を回収することでした。これはなんとか出来ました」

「あたしの部屋に忍びこんだのは、あなた？」

「僕と坂上さんでした。僕たちも必死だったんです。回収したあとは、すぐに焼却しました。ところがほっとする間もなく、今度は新里さんが殺されました」

このあとのことは大体察しがついている。あたしが新里美由紀を問いつめて、万が一にも真実を吐露することがあってはいけないと、冬子は急いで彼女を殺したのだろう。冬子にとっても、復讐を成し遂げるには、あたしがあまりに早く真実に到達するのは拙《まず》いと考えたのかもしれない。

彼女は、あたしと新里美由紀が会う段取りをしてくれたが、じつはその前に彼女自身が美由紀と会う約束をしていたのだろう。

「いったい誰が復讐を始めたのか？　それを明かすために、いろいろな調査をしました。竹本さんの弟さんの行動も調べました。でも何の手がかりも得られません。そのうちにあなた方が、一歩ずつ真相に近づいてくるのがわかりました。たまらなくなって、何度か脅しをかけることにしたんです」

「部屋に忍びこんでワープロにメッセージを残したり、アスレチック・ジムで襲ったりしたわけね？」

彼は髭だらけの顎をこすった。

「どちらも僕が勝手にやったことです。でも山森社長からは、そういうことをすると却って相手を刺激することになるじゃないかと怒鳴られました」

たしかにあの二つの警告は、あたしの気力を奮い立たせる役目を果たした。

そしてそのうちに、今度は坂上豊が殺されたのだ。

彼が殺されたのも、新里美由紀の時と同様だろう。つまり彼が会いたいと電話をかけてきた時、まだ待ち合わせの場所も時間も決まらないと冬子はいったが、本当は決まっていたのだ。その場所というのが例の稽古場の裏であり、冬子だけがそこに行って、彼を殺したに違いない。

「坂上さんは、特に復讐者を恐れていました」

　金井三郎はいった。

「それで山森社長に、すべてを世間に公表することを提案したんです。そうすれば警察に守ってもらえますからね。ところがじつはこの頃、萩尾さんが怪しいのではないかという説が上がってきたんです」

「なぜそんな説が？」

「山森社長は村山さんを使って、竹本さんの過去について徹底的に調べていたんです。その結果、竹本さんが初めて本を出した時の編集者が、萩尾冬子さんだとわかったらしいです。これは偶然にしてはおかしいと考えるのが当然ですよね」

　そうか、とあたしは自分の愚かさを認識させられた。ライターとしての竹本幸裕については、殆ど冬子から情報を得たのだ。彼女はその一番肝心な部分をあたしに隠していたのだ。

「萩尾さんが怪しいということになり、社長は取り引きすることを考えました。つまり、今までの殺人のことを黙っていてやるから、無人島でのことも忘れてほしいという取り引きです。でも取り引きするには、萩尾さんが犯人だという証拠が必要です。そこで社長は坂上さんを囮《おとり》にすることにしました。彼がすべてを白状するといってあなた方に接近すれば、必ず萩尾さんは坂上さんを殺そうとするだろうと考えたわけです。じつは、坂上さんと萩尾さんの待ちあわせ場所では、石倉さんが隠れていたんです。萩尾さんが殺意を見せたら、すぐに出ていって、その取り引きを持ち出すというのが計画でした」

「……でも坂上さんは殺されたわ」

「そうです。石倉さんの話によると、萩尾さんは隠し持っていたハンマーで坂上さんの後頭部を一撃したそうです。あっという間の出来事だということでした」

「……」

また口の中に唾が湧いてきた。

「それでさすがの石倉さんも、足がすくんで出ていけなかったんだそうです」

「彼が？」

石倉の自信に満ちた顔があたしの脳裏に浮かんだ。足がすくんだ――？

「それで、取り引きの場所がＹ島に移されることになりました」

金井三郎はここでまた辛そうに眉を歪めた。彼にとってここからは、さらに語りづらい内容なのだろう。無論あたしだって聞きづらい。

「先程のご明察の通りですが、呼びだしたのは萩尾さんの方からではなく、志津子からでした。重要な話があるから、九時四十分頃に宿の裏で待っていてほしい、と」

あたしは頷いた。もう殆どすべてわかっている。

「最初は、あたしだけが萩尾さんと話をしました」

と志津子さんが落ち着いた声でいった。少し気がおさまってきたのかもしれない。

「そうして、あまり気は進みませんでしたが、取り引きのこともいいました」

「でも冬子は取り引きに応じなかったのね」

はい、という彼女の声は、とても小さかった。

「萩尾さんは無言のまま襲いかかってきました。取り引きなどという話を聞いて、逆に憎しみを倍加させたようでした」

あたしは金井三郎を見た。

「そこにあなたが現われたのね。そして、冬子を殺したんでしょ」

「ええ……」

彼は泣き笑いのような顔を作り、二度三度と首を横にふった。

「馬鹿げていますね。結局僕は、志津子を守るという理由のもとに、二人も殺してしまった。そして今回も、山森社長たちに庇ってもらっている」

あたしは何も答えられなかった。何をいっても自分の本心ではないような気がした。

金井三郎は志津子さんの肩を抱いたままだった。志津子さんはじっと目を閉じている。

この二人を見ているうちに、冬子と竹本幸裕の関係に思いが飛んだ。

「ねえ、冬子はすべての真相を知っていたんでしょ」

二人はあたしを見て、少し間を置いてから頷いた。

「それなら竹本さんが志津子さんの肉体を求めたことも知っていたわけよね。彼女はそれを恋人の裏切りとはとらなかったのかしら?」

すると志津子さんは真摯な眼差しをこちらに向けて、

「あたしもそのことはいってみました」

といった。「自分の恋人以外の女を求めた男を、憎くはないんですか――と。でもあの方の答えは違いました。誰にでも長所と短所がある。女性問題では困らされることも多いけれど、いざという時に命賭けの仕事をできるバイタリティをあたしは愛したのだ。それに、彼が求めたのは、あなたの肉体であって心ではない――あの人はそういいました。そして、自分では何もせずに彼を卑劣だという者こそ最低の人間だ、ともおっしゃいました」

「……………」

「今はあたしも……そう思っています」

志津子さんは唇を震わせていった。「あの時三郎さんを助けるには、死を覚悟しなければならなかったはずです。竹本さんが自分の命と引き換えに要求したものは、たかが一人の女の身体だったんです。しかもそれは成功報酬でした」

またしても、やりきれない気持ちがあたしの中に湧き上がってきた。

「それから、冬子さんがあたしたちだけじゃなく他の人も恨んでおられたのは、単に竹本さんが殺されたことを隠したからだけじゃないんです」

「それだけじゃないの？」

あたしは彼女を見返した。意外な気がした。

「違うんです」

志津子さんは小刻みに肩を震わせた。

「竹本さんの死体が見つかった時の状態を御存知じゃないですか？　あの方は岩場にしがみつくような格好で亡くなっていたんです。それで海上保安本部や警察では、波に流されてどこかの岩で頭を打ち、瀕死の状態でその岩場に泳ぎついたと判断したんです」

彼女のいわんとすることがわかってきた。背中に何かぞくりとしたものが走り、あたしもまた身震いした。

「要するに」

と志津子さんはいった。「竹本さんは死んではいなかったんです。気を失っていただけなんです。それをあたしたちは海に投げいれて、本当に殺してしまったんです。そして川津さんの資料には、そのことも書いてありました」

そうだったのか――。

だから冬子の復讐のやり方は残酷を極めているのだ。彼女にしてみれば、恋人を二度殺されたようなものなのだ。

「これがすべてです」

こういって金井三郎は、志津子さんを立たせた。彼女は彼の胸に顔を埋めている。

「どうされますか？」

と三郎は訊いてきた。「警察に届けますか。僕たちに覚悟はできているんですが」

あたしは首をふった。そして、

「何も起こらないわ」

と二人の顔を見ていった。「もう何も起こらないのよ。これ以上はすべて余計なことだわ」

あたしは回れ右をして歩きだした。沈黙があたしたちを包みこんでいる。人気《ひとけ》のないアスレチック・ジムが、今は墓地みたいに見えた。

階段を降りる時、あたしは振り返った。二人はまだあたしを見送っていた。その二人

にあたしは、

「春村家が志津子さんを連れ戻しに来るわ」

と、いった。「あたしが志津子さんの居場所を教えると約束したのだけれど、たとえあたしが教えなくても、いずれここは見つかってしまうと思うわ」

二人はしばらくお互いの顔を見つめあっていた。それから金井三郎があたしに向かって頷いて見せた。

「わかりました」

「じゃあね」

「ええ」

そして彼はいった。「ありがとう」

あたしは肩をすくめ、小さく手を上げた。

「どういたしまして」

あたしは暗い階段を降りた。

6

真っすぐ帰るつもりだったが、タクシーに乗った途端気が変わった。運転手に自宅とは違う行き先をいう。

「高級住宅街ですね。あそこにお住まいですか？　すごいですね」

細い顔をした運転手の言葉には、ほんの少し妬《ねた》みが混じっているように思われた。

「あたしの家じゃないのよ」

とあたしはいった。「知り合いよ。それほど年でもないけれど、成功したの」

「でしょうねえ」

運転手はため息をつきながらハンドルをきった。

「当たり前のことをしてちゃ駄目なんでしょうね。ここって時に頭が切れて、大胆なこともできないと」

「人のことなんか考えずにね」

「ええそうです。人なんて道具だと思わないといかんのでしょうね」

「……そうね」

それからあたしは黙った。運転手もこれ以上は話しかけてこなかった。

車窓の外を、ネオンが流れていく。その風景をバックに、冬子の顔が浮かんだ。

彼女はあたしが事件の調査を行なうことを、どんな気持ちで見ていたのだろう？

たぶん不安はあっただろう。いつか真相を知ってしまうのではないかという不安が。

しかしわかるはずがないという思いは、それ以上に強かったのかもしれない。そして真相がわからないかぎりは、あたしに協力するふりをした方が有利と考えたのだろう。なぜなら、そうすることによって怪しまれずに山森たちに近づけるからだ。

ではあたしと川津雅之とのことはどう考えていたのだろう？　あれもまた自分の復讐のひとつに過ぎないのであり、親友の恋人を奪うことなど何とも思わなかったのだろうか？

いや、たぶんそうじゃない。

川津雅之の死のあと、あたしと一緒に悲しんでくれた彼女の表情は嘘ではなかった。恋人を亡くした親友を思う、真剣なまなざしだった。つまり、少なくともあたしと一緒にいる時は、彼女は川津雅之を殺した萩尾冬子ではなかったのだ。あくまでもあたしの親友であり続けようとしていた――。

とにかく今は……そう信じたい。

「このあたりですか？」

ふいに声をかけられて我に返った。車は住宅街に入っている。あたしは道を指示した。

山森氏の家は、前に由美を送り届けたことがあるので覚えていた。正面に外車が四台ぐらい入るガレージがあって、その横に門がある。門からだと屋敷はずいぶん奥に見える。

「すごい屋敷ですね」

そういって運転手はつり銭を渡してくれた。

タクシーが去ってから、あたしはインターホンを押した。かなり間があって、女性の声が聞こえた。山森夫人の声だ。あたしが山森氏に会いたいというと、

「お約束をしてらしたのですか？」

と、かなり険を帯びた口調で訊いてきた。まあ時間が時間だけに、気分を害するのが当然だろう。

「約束はしていません」

あたしはインターホンに向かっていった。

「でもあたしが来たことを御主人にお伝えいただければ、会っていただけるはずです」

よほど頭にきたのだろう、夫人は乱暴にスイッチを切った。

そのまま待っていると、門の脇の通用口からカチリという音がした。近づいてノブを回してみると、簡単に開いた。どうやら遠隔操作で解錠できる仕組みらしい。

敷き石を辿って歩いていくと玄関に着いた。ドアには、あまり趣味のよくないレリーフを施してある。そのドアを開けると、ガウンを羽織った山森氏が、待っていた。

「ようこそ」

と彼はいった。


通されたのは彼の書斎だった。壁際には書棚が並んでいて、何百冊という本がつめこまれている。書棚が途切れたところにはサイドボードがあって、彼はそこからブランデーのボトルとグラスを出した。

「それで、今夜はどういう用件なのかな」

ブランデーを注いだグラスを寄越しながら彼は訊いた。甘い香りが部屋中に広がったような気がした。

「今まで、志津子さんたちと一緒にいたんです」

あたしはいってみた。彼は一瞬だけ表情を止めたが、またすぐに自信に満ちた笑顔に戻った。

「そう。何か面白い話でもしていたのかい？」

「すべて聞きました」

あたしはきっぱりといった。「無人島で何があったのか、そしてなぜ冬子が死んだのかも」

彼はグラスを持ったまま安楽椅子に腰かけ、空いた方の手で耳たぶを掻いた。

「それで？」

「それだけです」

と、あたしはいった。「たぶんあの二人はもう帰ってこないと思います。あなたの前に姿を見せることもないでしょう」

「そう。しかたがないね」

「あなたの狙い通りの結末じゃないですか？」

「狙い通り？」

「ええ。それとも、あの二人が心中でもしてくれたらベストですか？」

「意味がよくわからないね」

「とぼけないでください」

あたしはグラスを机の上に置き、彼の前に立った。

「あなたは冬子が犯人だとわかった時から、金井さんと志津子さんに彼女を殺させようと考えていたんでしょう？」

「彼等がそういったのかね？」

「いいえ。彼等はあなたに騙《だま》されているんです。彼等だけじゃありません。坂上豊さんも騙されたんです」

山森氏はブランデーを一口舐めた。

「説明してもらいたいね」

「そのつもりで来たんです」

あたしはかさかさに乾いた唇を舐めた。

「あなたは結局無人島での出来事を、自分の身内だけの秘密にしようと考えたんです。自分、妻、弟、姪——それ以外の人間は邪魔だった。いつ無人島での秘密をしゃべられるかわかりませんからね。都合よく川津さん、新里さんという身内以外の人間から殺されたので、次には坂上さんが殺されるように仕向けたんです」

「おもしろいね」

「坂上さんを冬子に会わせて、あぶなくなったら石倉さんが出ていくという筋書だったということですが、最初から助ける気なんてなかったんでしょ？」

彼はグラスから唇を離し、その唇を歪めて見せた。

「困ったな。どういえばわかってもらえるんだろう」

「見苦しいお芝居はやめてください」

あたしはいい放った。「Y島に行ったのも、冬子を殺すことが真の目的だったんでしょう？　取り引きだとかいっても冬子が応じるはずがないと、あなたは見抜いていた。そしてその結果、金井さんたちが冬子を殺すことになるだろうと予測していた——」

「私には予知能力などないよ」

「予知ではなく予測です。そして警察が来た時には、全員で口裏を合わせて、お互いのアリバイを立証し合うつもりだった。そのためにY島という孤島を選んだのであり、アリバイに信憑《しんぴょう》性を持たせるために、竹本正彦さんという第三者を参加させたのです。実際には冬子自身がアリバイ工作をしたために、あなた方の計画はさらに完璧になったんです」

いい終わったあとも、あたしは山森氏を睨んでいた。彼も椅子に腰かけたまま、感情のこもらない目であたしを眺めていた。

「君の意見の中には、大きな誤解が含まれている」

山森氏はあたしを見据えたままいった。「我々はあの時に自分たちが取った行動について、少しも恥じてはいない。今でも正しかったと思っている。たしかに金井君を助ける勇気はなかったが、そのことが人道に外れたことだとは思わない。わかるかい？　あの場合、ベストの選択など不可能だったのだよ。我々はベターな道を選んだ。したがってそれを恥じる必要もないわけだ。むしろ竹本こそ最低の人間だ。いかに自分が命を賭けようと、その報酬を求めるのは卑劣なことだ。しかも、ああいう報酬を求めるのはね」

自信に満ちたしゃべり方だった。何も知らなければ、この口調だけで騙されてしまう。

「訊いていいですか？」

「何なりと」

「ベストの選択とは、全員を助けるという意味ですね？」

「まあそうだね」

「それは不可能だったと」

「そういう選択をするわけにはいかなかったという意味だ。あまりにも危険だと思えたからね」

「では、竹本さんが金井さんを助けようとした時、なぜ引きとめなかったんですか？」

「……」

「つまり、あなた方には何をいう資格もないということです」

思わず大きな声が出た。吹きあがる感情を抑えきれない。

ひとしきり時間が過ぎた。

「まあ、いい」

と彼がようやく口を開いた。「君が何をしゃべろうと勝手だ。少々やかましいのが気にはなるがね。しかし何も変わらない」

「ええ」

あたしは顎を引いた。「何も変わらないし、何も起こらないんです」

「そういうことだね」

「ただ最後に伺っておきたいことがあります」

「何だね？」

彼の目が鈍く光った。だけどそれは一瞬のことだった。彼の視線はあたしの後方に向けられているようだった。それで振り向くと、由美がネグリジェのままでドアのところに立っていた。

「起きていたのかい？」

山森氏の声は、今までの会話からは想像できないぐらい優しさに満ちていた。

「推理小説の先生ですね？」

と彼女はいった。彼女はあたしがいる場所とは少し違う方向に顔を向けていた。

「ええ、そうよ」

とあたしは声をかけた。「でももう帰るの」

「残念だわ。お話ししたかったのに」

「お忙しいんだよ」

山森氏がいった。「引きとめちゃいけない」

「でも一言だけ、先生」

由美は壁づたいに進みながら左手を差し出した。それであたしは彼女に近づき、そっとその手を握った。

「何かしら？」

「先生、あの……パパやママはもう、誰かに狙われたりしないんでしょう？」

「あ……」

あたしは息を飲み、山森氏の方を振り返った。彼は視線を壁の方に逃がしていた。

あたしは由美の手を強く握り、

「ええ、そうよ」

と答えた。「もう大丈夫よ。何も起こらないのよ」

彼女は小声で、よかった、と呟いた。妖精みたいな笑みが、白い顔からこぼれた。

あたしは由美の手を離すと、山森氏の方を向き直った。最後の質問がまだ残っている。

だがそれをここで口に出すわけにはいかなかった。

あたしはバッグから名刺を一枚取り出すと、その裏にボールペンで文字を書いた。そして山森氏に歩みよると、それを彼の目の前に差しだした。

「お答えにならなくて結構です」

紙面を見た彼の顔は、ほんの少しだけ歪《ゆが》んだように見えた。あたしは名刺をバッグにしまった。

「ではお元気で」

彼は答えなかった。じっとあたしの顔を見つめているだけだ。その彼を残して、ドアに向かった。そこにはまだ由美が立っていた。

「さようなら」

と彼女はいった。

「さよなら、元気でね」

とあたしは答えた。そして一度も振り返らなかった。

自分の部屋に戻ったのは一時を過ぎてからだった。

郵便受けには手紙が一通入っていた。冬子がいた出版社の編集長からだ。

あたしはまずシャワーをあびた。そしてタオルを巻いただけの格好でベッドに横たわった。なんだかものすごく長い一日だった。

腕を伸ばして手紙を取る。封筒の中には便箋が二枚入っていて、そこには、近いうちに新しい担当者を紹介したいという内容のことが、丁寧な筆遣いで書いてあった。冬子の死については、敢えて言及していなかった。

あたしは便箋をほうりだした。深い悲しみが襲ってきて、突然の涙が頬をつたった。

冬子――。

あれでよかったのかしら、とあたしは問いかけた。あたしにはああいうやり方しか思いつかなかった――。

無論どこからも答えは返ってこなかった。誰も答えなんて出せないのだ。

バッグを取ると、あたしは名刺を取りだした。先程山森氏に見せた名刺だ。

『あなたは竹本さんが死んでいないことに気づいていたのではないか?』――。

あたしはそれを十秒ほど眺め、それからゆっくりと引き裂いた。これにしたところで無意味な質問なのかもしれない。真相は誰にも証明できないし、証明したところで何かが変わるわけでもない。

こまぎれになった紙片は、あたしの手からこぼれ、ぱらぱらと床に落ちた。

あるいは、あたしの試練はこれからなのかもしれなかった。

でも、これからのことはどうでもいい。

覚悟ができていることなのだ。

明日何が起こるにせよ——とにかく今は眠りたい。

一九八七年二月　カッパ・ノベルス
一九九〇年一二月　光文社文庫

光文社文庫

長編推理小説
11文字《もじ》の殺人《さつじん》　新装版
著　者　東《ひがし》野《の》圭《けい》吾《ご》

1990年12月20日　初　版1刷発行
2024年12月30日　新装版4刷発行（通算81刷）

発行者　三宅貴久
印　刷　萩原印刷
製　本　ナショナル製本

発行所　株式会社　光文社
〒112-8011　東京都文京区音羽1-16-6
電話（03）5395-8149　編集部
8116　書籍販売部
8125　制作部

ISBN978-4-334-79057-8　Printed in Japan

組版　萩原印刷